KB091849

신현림의.
미술관에서.
읽은 시.

신현림의 미술관에서 읽은 시

작가의 젊은 날을 사로잡은 그림 하나 시 하나

초판 1쇄 발행 2016년 1월 15일
초판 6쇄 발행 2019년 11월 10일

지은이 신현림
펴낸이 이영선

편집 강영선 김선정 김문정 김종훈 이민재 김연수 이현정
디자인 김회량 정경아
독자본부 김일신 김진규 김연수 박정래 손미경 김동욱

펴낸곳 서해문집 | 출판등록 1989년 3월 16일(제406-2005-000047호)
주소 경기도 파주시 광인사길 217(파주출판도시)
전화 (031)955-7470 | 팩스 (031)955-7469
홈페이지 www.booksea.co.kr | 이메일 shmj21@hanmail.net

ISBN 978-89-7483-768-6 03800

이 도서의 국립중앙도서관 출판예정도서목록(CIP)은 서지정보유통지원시스템 홈페이지(http://seoji.nl.go.kr)와 국가자료공동목록시스템(http://www.nl.go.kr/kolisnet)에서 이용하실 수 있습니다.(CIP 제어번호: CIP2015034701)

신현림의.
미술관에서.
읽은 시.

작가의.
젊은 날을.
사로잡은.

그림 하나.
시 하나.

신현림 지음

서해문집

일러두기

· 이 책에 실린 시에는 사투리를 비롯 입말, 북한어 등이 포함되어 있습니다. 표준어는 아니나 시인의 표현을 존중해 그대로 표기했습니다.
· 책이나 작품집, 잡지, 신문은《 》, 시나 그림 등 개별 작품은〈 〉로 표기했습니다.
· 외래어 표기, 특히 인명의 경우 이미 널리 사용해 굳어진 인명은 기존 관습대로 표기했습니다.

추천의 글

시가 있는 그림, 그림이 있는 시. 이 책을 다 읽고 나면 작은 박물관 하나를 통째로 선물받은 느낌이다. 그림을 공부하고 시를 읽으면서 얻게 되는 지식의 향기, 아름다움에 대한 그리움! 저자의 감칠맛 나는 표현들이 독자에게 책 읽는 기쁨을 안겨 준다.

_ 이해인 수녀

신현림은 사막이나 우주를 여행할 때, 혹은 전쟁터에서 함께 있고 싶은 사람이다. 어떤 고난 속에서도 살아 내려고 애쓸 사람, 내가 약해져도 저버리지 않을 사람, 어떻게든 삶의 의미와 아름다움을 찾을 사람이기 때문이다. 게다가 본 것도 많고 아는 것도 많으니 지루하지 않을 테다.

그림과 시에 관한 미덥고 매력적인 해설자 신현림이 오랜만에 그 둘을 매치시키며 행복한 충돌을 보여 주는 책을 냈다. 그림과 시들 각각도 일품이지만, 그들을 어우러지게 하는 신현림의 간여도 근사하다. 자기의 삶으로 타인의 삶을 뜨겁게 끌어안는 진지한 프리허그 현장을 연출하는 작가의 명민하고 따뜻한 감각! 한 편 한 편의 글들이, 주파수를 제대로 맞춘 라디오에서 흘러나오는 음악처럼 한 점 잡음 없이 마음을 일렁이게 한다.

_ **황인숙** 시인

미술은 말이 그친 자리에서 피어난다. 그것은 문자로 기술할 수 없는 것들로 인해 태어난 것이자 문자를 보다 풍성하게 보조하기 위한 역할을 해 왔다. 전통 시대의 이미지는 모두 특정 텍스트를 삽화로 보여 주는 기능이었다. 이른바 읽는 그림이었다. 반면 현대미술은 미술의 문학적 기능을 탈각시키고 문학과 독립된 시각 이미지만의 자리를 애써 만들고자 했다. 그렇다 해도 미술이 언어나 문자로부터 완전히 자유로울 수는 없었다. 우리는 여전히 미술작품을 언어와 문자에 의존해서 이해하고 설명한다.

미술은 보는 것이자 읽는 것이기도 하다. 시인이자 사진가인 신현림은 세상의 모든 이미지에 대해 섬세하게 반응하고 공들여 글을 써 온 이다. 이번 책은 미술관에서 만난 작품들을 보며 연상되는 시를 한 편씩 떠올려 적어 보인다. 이미지와 시가 한자리에 만나 눈과 입

안에서 굴러다닌다. 보고 읽는 맛이 좋다. 문학과 미술에 두루 정통하지 않으면 불가능한 일이다. 신현림이기에 가능한 책이다. 새삼 문학과 미술의 긴밀한 조우를 만끽하며 읽고, 보고 있다.

_ **박영택** 미술평론가, 경기대 교수

서문.

바람 난 시인, 그림에 빠지다

바람이 불고 있다. 오후 네 시의 하늘을 올려다본다. 떨어져 있던 두 장의 구름이 바람 따라 이어져 하나가 된다. 마치 두 사람이 포옹을 하듯 하나로 겹쳐지는 모습이 묘하게도 사랑스럽다. 이 구름들처럼 우리들 또한 무언가와 이어지길 바란다. 매일 누군가와, 무엇인가와 연결되지 않으면 살 수 없는 게 사람 아니던가. 그 이어짐이 사람과 사람일 때 더없이 따스하다. 홀로 있을 때조차 누군가는 음악과, 누군가는 스마트폰 혹은 책과 이어진다.

나는 스스로에게 묻는다. 외롭고 허전할 때 나는 무엇과 이어져 왔나?

나는 언제나 시와 그림에 빠져들곤 했다. 문학과 예술은 내게 더없는 생의 신비를 보여 주었다. 건조한 내 일상을 물기 머금은 꽃처럼 매끄럽게, 나무뿌리처럼 단단하게 붙들어 주었다. 두려움과 불안이 닥쳐왔을 때 쓰러지지 않게 일으켜 세운 것도 그림과 시였다. 스무 살 언저리, 서양화과 지망생에서 디자인과 입학과 자퇴, 폐병과 심각한 불면증을 앓으며 국문학과 입학생이 된 곧 아픈 이력은 세계 명화와 미술서 탐독으로 이어졌다. 닥치는 대로 예술 잡지를 읽었고 이는 시를 쓰는 데 큰 도움이 되었다.

특히 내 인생에서 빼놓을 수 없는 값진 경험은 미술관 여행이다. 20대, 내게 서울 가는 길은 오직 미술관을 갈 때뿐이었다. 미술관은 내게 허기진 영혼을 살찌우는 정신적 식사였다.

나는 고흐, 마티스, 뭉크, 피카소와 같은 화가들의 그림을 내 방 벽에 붙여 두고 살았다. 바라보는 것만으로도 그저 좋았다. 그림을 보며 받은 영감은 내 안에서 날날이 시가 되어 나왔다. 아마 그 운명의 수평선에서 이 책을 쓰게 된 게 아닐까 싶다. 어쩌면 이 책도 누군가의 인생을 바꿀 수 있지 않을까 하는 작은 바람을 가져 본다. 어떤 한 사람의 '개인사'는 수많은 사람의 영향을 받아 끝없이 바뀌면서 이루어진 것 아닌가.

그림을 본다는 것은 우리가 살아온 시간들을 목격하는 일이다. 어느 누구도 동시대 문화에서 자유로울 수 없다. 당대 사람들이 어떻게 세상과 사물을 바라보았는지, 어떤 질문을 던지고 살았는지 그림은 말해 준다. 시는 또 어떤가. 그래서 수많은 시와 그림을 통해 우리는 인생을 단단하게 만드는 지혜를 배우는 것일 게다.

그것이 시와 그림을 어렵게 볼 필요가 없는 까닭이기도 하다. 만만하게 보자. 모두 우리 인생을 얘기한 것 아닌가.

그림을 가까이 하면 감성이 풍부해지고 상상력이 꽃 핀다. 거기에 그림을 본 느낌이나 그림이 가진 이야기를 시와 함께 겹쳐 보는 컬래버레이션은 표현력은 물론 세상을 보는 안목까지 두 겹 세 겹 도톰하게 만드는 것이다. 특히 '창작'을 해야 하는 사람이라면 많이 보고 많이 생각하고 많이 느끼는 훈련이 무엇보다 중요하다.

사람들은 무엇이 진짜 아름다운 것인지 잘 모르고 지나칠 때가 많다. 하지만 이 책을 통해 그림 한 점, 시 한 수를 읽으면 무엇이 아름답고 참다운 것인지 눈이 트이기 시작할 것이다. 아름다운 것을 항상 곁에 두고 보면서 자신의 느낌을 솔직하고 풍부하게 표현할 수 있는 사람은 분명 창의적인 사람이 될 것이다. 그리고 누구보다도 행복한 순간을 포착해 누릴 줄 아는 현명한 사람이다. 일거양득이다.

이 책의 적임자로 나를 불러 준 서해문집 출판사에 깊이 감사드린다. 저자인 나도 힘들었지만 편집자 하선정 씨의 수고가 참 컸다. 따스한 포옹을 해 주고 싶다. 그림을 그리고 싶다는 여중생 딸 서윤이에게 이 책을 보면서 더 많이 배우고 자신의 꿈을 더 당당히 키우라고 말해 주고 싶다. 사랑하는 가족과 지인들에게도 고마움을 전한다. 그리고 늘 하느님께 감사한다. 기쁜 일도 슬픈 일도 나를 성장시키는 신의 사랑임을 이제는 안다.

"사람은 적어도 하루에 한 번은 노래를 듣고, 좋은 시를 읽고, 아름다운 그림을 봐야 한다"는 괴테의 훌륭한 말을 되새기며 이 책을 통해 독자들이 좋은 시와 그림, 노래와 향기까지 덤으로 얻기를, 명화와 시 속에서 꿈꾸고, 흔들리고, 슬퍼하고, 기뻐하기를 그리고 그 순간 깊고 뜨겁게 숨 쉬기를 바란다.

2016년 새해 아침

신현림

차.례.

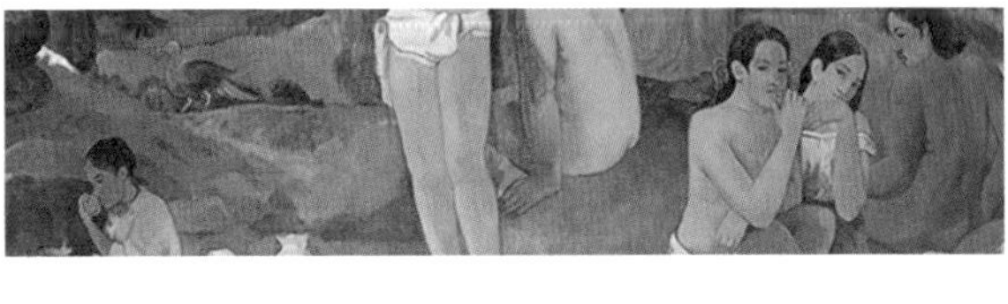

2

절망에 관하여

울자, 때로는 너와 나를 위해

3

사랑에
관하여

눈을 맞추고, 마음을 맞추고

4

고독에 관하여

'고독'이라는 아름다운 재료

5

위로에 관하여

위로는 쉽지 않다

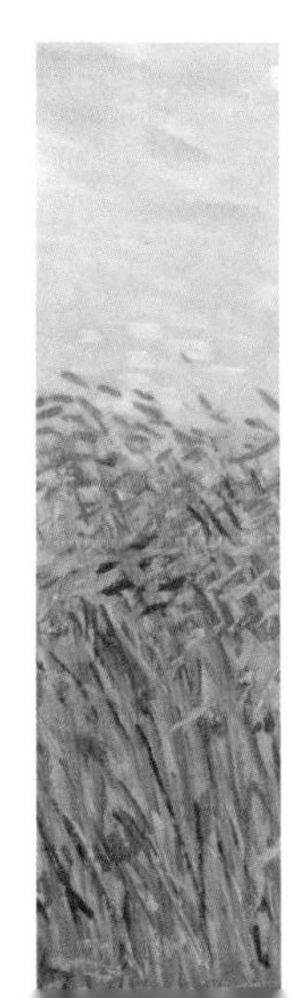

1

삶에 관하여

누구나
자기 몫의

인생이
있다

오윤
〈칼의 노래〉
+
정희성
〈판화가 오윤을 생각하며〉

바람처럼
갔으니

바람처럼
다시 올 것

판화가 오윤을 생각하며

정희성

오윤이 죽었다 야속하게도

눈물이 나지 않는다

나이 사십에 세상을 뜨며

친구들이 둘러앉아 슬퍼하는 걸

저도 보고 싶진 않겠지

살 만한 터를 가려

몇 개의 주춧돌을 부려 놓고

잠시 숨을 돌리며

여기다 씨 뿌리고

여기다 집을 짓고

여기다 큰 나라 세우자고

그가 웃으며 말하는 것처럼

아직도 나는 생각한다

이것이 나의 믿음이다

그는 바람처럼 갔으니까

언제고 바람처럼 다시 올 것이다

험한 산을 만나면

험한 산바람이 되고

넓은 바다를 만나면

넓은 바닷바람이 되고

혹은 풀잎을 스치는 부드러운 바람

혹은 칼바람으로 우리에게 올 것이다

이것이 나의 믿음이다

그가 칼로 새긴 언어들이

세상을 그냥 떠돌지만은 않으리라

그의 주검 곁에

그보다 먼저 와서 북한산이 눕고

그리고 지리산이 누워 있다

여기다 큰 나라 세우려고

그는 서둘러 떠나갔다

1986.7.5

오윤, 그 아픈 이름을 가만 불러본다. 단지 그가 41세라는 젊은 나이에 요절한 사실 때문만은 아니리라. 오윤吳潤, 1946~1986의 친구였던 시인 정희성은 오윤을 먼저 보내고 추모시를 썼다.

한 번도 오윤을 만나 보지는 못했으나, 그의 판화를 보면 가슴 한 구석이 뜨거워져 왠지 지리산 천왕봉까지 뛰어올라가야 할 것만 같다. 그 봉우리에서 역사의 물결을 되짚고 '한 세상, 이렇게 살아왔구나!' 내심 안도하다가 이내 가슴을 치고 싶다.

오윤은 소설가 오영수의 장남으로 태어나 서울대 조소과 재학 중 '현실과 발언' 발기인으로 참여해 미술의 사회적 책임과 역할을 고민했다. 서슬 퍼런 독재 시대, 그가 주목한 것은 밟히되 꺾이지 않는 민초였다. 그래서 민화, 무속화, 불화, 탈춤, 굿 등 한국 민중 문화에 깃든 생명력을 탐구했다. 그는 저 밑바닥에 흐르는 민중들의 흥겨운 멋과 기운, 끈끈한 삶을 판화의 예리한 칼맛으로 보여 주었다. 전통 민화를 목판에 옮겨 온 그의 탁월한 미학. 그 빛나는 미학은 정희성의 〈판화가 오윤을 생각하며〉를 읽는 동안 애달픔으로 번진다. 아직 해야 할 일이 많았던 한 작가의 짧은 생은 그래서 아프다.

김정희
〈세한도〉
+
신경림
〈다시 느티나무가〉

가장
외롭고
누추한 날에
깨닫는
것들

다시 느티나무가

신경림

고향집 앞 느티나무가

터무니없이 작아 보이기 시작한 때가 있다

그때까지는 보이거나 들리던 것들이

문득 보이지도 들리지도 않는다는 것을 알면서

나는 잠시 의아해하기는 했으나

내가 다 커서거니 여기면서

이게 다 세상 사는 이치라고 생각했다

오랜 세월이 지나 고향엘 갔더니
고향집 앞 느티나무가 옛날처럼 커져 있다
내가 늙고 병들었구나 이내 깨달았지만
내 눈이 이미 어두워지고 귀가 멀어진 것을
나는 서러워하지 않았다

다시 느티나무가 커진 눈에
세상이 너무 아름다웠다
눈이 어두워지고 귀가 멀어져
오히려 세상의 모든 것이 더 아름다웠다

낮고 소외된 자들에게 한결같이 귀 기울인 신경림 시인. 시인은 눈이 어두워지고 귀가 멀어 오히려 세상의 모든 것이 더 아름다웠다는, 역설적이어서 더 숙연해지는 시를 세상에 놓아 주었다. 시 한 편에 80년 인생을 한 장면처럼 펼쳐 내는 내공.

그 단단함을 마주할 때면 조선 시대 대학자이자 정치가이며 화가이자 문장가였던 추사 김정희金正喜, 1786~1856가 떠오른다. 그는 부조리한 현실을 고치려다 누명을 쓴 채 머나 먼 제주도에서 귀양살이를 했다. 그가 그린 〈세한도〉는 그림에 담긴 의미와 구도, 형태가 고루 조화를 이뤄 단연 걸작으로 손꼽힌다.

덩그러니 홀로 떨어진 집, 메마른 듯 보이는 고목 몇 그루……. 쓰디쓴 시간을 다만 버티고 선 자신의 궁색한 모습이 추위에 바짝 말라 가는 고목 같다 느꼈을까? 온기라곤 느껴지지 않는 집 한 채는 당시 그의 마음을 닮았다. 그러나 그가 보낸 유배의 시간들은 '다만 버티기'만 한 시간은 아니었으리라. 유배 시기 그가 피워 낸 그림과 문장들은 오래도록 찬사를 받았으며 그의 예술혼을 한 단계 더 끌어 올렸다.

누구나 인생의 '세한도'가 하나쯤은 있을 것이다. 그저 버틸 수밖에 없는 날들, 춥고 곤궁한 날들이 말이다. 그럴 때 나직이 자신에게 읊조려 보자. 지금 겪는 결핍을 통해 나는 성장하고 있노라고, 완전하지는 않더라도 온전해질 수는 있다고.

폴 고갱
〈우리는 어디에서 왔는가? 우리는 누구인가? 우리는 어디로 가는가?〉
+
문태준
〈한 호흡〉

우리는
어디에서
왔는가

한 호흡

문태준

꽃이 피고 지는 그 사이를

한 호흡이라 부르자

제 몸을 울려 꽃을 피워 내고

피어난 꽃을 한 번 더 울려

꽃잎을 떨어뜨려 버리려는 그 사이를

한 호흡이라 부르자

꽃나무에게도 뻘처럼 펼쳐진 허파가 있어

썰물이 왔다가 가 버리는 한 호흡

바람에 차르르 키를 한 번 흔들어 보이는 한 호흡
예순 갑자를 돌아나온 아버지처럼
그 홍역 같은 삶을 한 호흡이라 부르자

한 폭의 그림 속에 갓 태어난 아기부터 어린이, 청년, 노인의 모습까지 사람의 한평생이 담겨 있다. 〈우리는 어디에서 왔는가? 우리는 누구인가? 우리는 어디로 가는가?〉라는 긴 제목이 달린 이 그림은 누구나 살아가면서 한 번쯤은 진지하게 고민했을 화두를 던지고 있다. 이 그림을 통해 폴 고갱Paul Gauguin, 1848~1903이 하고 싶었던 이야기는 무엇일까?

폴 고갱은 고흐, 세잔과 함께 후기 인상주의•를 대표하는 프랑스 화가다. 젊은 시절에는 증권거래소 직원으로 일하며 중산층으로서 남부럽지 않은 삶을 살았고 취미로 그림을 시작했다. 활발히 작품 활동을 하던 시기, 주식시장 붕괴로 자신이 쌓아 온 삶의 토대가 무너져 내리자 그는 절망 속에서 자신이 믿었던 가치들이 한낱 모래 위 누각이었음을 깨닫게 된다.

그리고 얼마 후 그는 화려했던 증권중개인에서 벽보 전

✚ 색채나 색조, 질감의 효과를 이용해 눈에 보이는 세계를 객관적으로 기록하려 한 화파를 인상주의라 한다. 후기 인상주의는 인상주의에서 시작했지만, 그 영향에서 벗어나 새로운 작품세계를 확립하려고 한 예술 사조이다. 일반적으로는 빈센트 반 고흐, 폴 고갱, 폴 세잔 등을 가리킨다.

단을 붙이며 근근이 연명하는 도시 빈민이 돼 있었다.
재기를 노리며 출품한 작품은 신인상주의 화가들에 묻혀 제대로 주목받지 못했고, 무명 시절이 길어지자 생활은 더 곤궁해졌다.
도시 생활에 지칠 대로 지친 그는 새로운 세계를 찾아나섰다. 모험과 순수한 세계를 좋아했던 고갱에게 파리의 변두리 삶은 어느 순간부터 숨을 옥죄는 사슬처럼 느껴졌을 것이다. 그는 결국 남태평양의 작은 섬 타히티에서 삶의 마지막 시간들을 보낸다. 타히티 원주민을 그린 그의 작품에는 원시적 삶과 생명력, 순수함이 담겼다. 폴 고갱이 그토록 갈망했던 원초原初가 거기 있었다. 2년이 채 못 되는 기간 동안 타히티에 머무르면서 그는 과감하고 풍성한 색채가 돋보이는 60여 점의 그림과 조각품을 만들었다.
하지만 타히티에서의 삶도 고갱을 구원하지는 못한다. 술에 빠진 그는 하루가 다르게 무너져 내렸고, 유언처럼 남긴 이 마지막 작품은 그가 고통스럽게 물고 늘어졌던 화두를 우리 앞에 풀어 놓는다.

우리는 어디에서 왔는가?
우리는 누구인가?
우리는 어디로 가는가?

꽃의 탄생과 소멸을 '한 호흡'이라 부르자는 문태준 시인, 그는 꽃을 통해 우리 삶의 마디마디를 긴 호흡으로 돌아보며 묵묵히 살아가는 힘을 우리에게 일러 준다.

그랜트 우드
〈식물을 든 여인〉
+
임경섭
〈와시코브스카의 일흔여섯 번째 생일〉

늙어 간다는 건
계속
새로운
문턱을
넘는 일

와시코브스카의 일흔여섯 번째 생일

임경섭

문을 연 순간 앨리스는 이미 자신이 앨리스가 아닌 걸 알았다 자신의 몸집이 문고리를 비틀기 이전에 비해 한층 커져 있었기 때문이었다 자기 자신이 아닌 자신을 뭐라 불러야 할까 문턱을 넘어선 앨리스는 문고리를 잡은 채 한참을 고민했다

그러나 이내 앨리스는 더 이상 자신이 누구인지는 중요하지 않다는 걸 깨달았다 개울둑 너머로 소리 없이 흐르고 있는 도랑과 그 위에서 쉼 없이 몸을 바꾸고 있는 석양빛이 한눈에 들어왔기 때문이었

다 강은 흘러가 버리는 걸까 흘려보내는 걸까 제자리에서 한순간도 멈추지 않는 도랑을 앨리스는 근심에 찬 눈으로 바라봤다

그러나 이내 앨리스는 흐르는 것을 도랑이라 부르든 들이라 부르든 숲이라 부르든 아무런 의미가 없다는 사실을 깨달았다 문턱 너머에 있는 자신이 안에 선 건지 밖에 선 건지 알 수 없었기 때문이었다 앨리스에게는 언제나 자신이 서 있는 곳이 안이고 그곳의 저편이 밖이었다 밖으로 나가봤자 그곳은 언제나 어딘가의 안이었다 앨리스는 자신이 뿌리박힌 식물처럼 영원히 배경 밖으로 빠져나갈 수 없음을 알아차렸다

늙어 간다는 건 계속 새로운 문턱을 넘는 일이었다
이미 여름은 가고 10월이 다가와 있었다

'늙어 가는 일은 계속 새로운 문턱을 넘는 일'이라는 잠언 같은 시 한 구절이 가슴 안에 뿌리를 내린다. 늘 새로운 변화를 꿈꾸면서도 그 변화가 힘에 부쳐 끙끙대고, 그러다가도 또 언제 그랬냐는 듯 현실에 적응하는 게 사람살이라……. 안이 밖이고 밖이 결국 안인 것을 아는 젊은 시인의 육성은 앨리스의 지혜를 시화시키면서 인생의 오묘함과 순리를 말하고 있다.

미국 지역주의 운동의 선구자였던 화가 그랜트 우드Grant Wood, 1892~1942는 고향인 아이오와 주의 풍경과 그곳을 지키는 주민들을 고전적인 화법으로 그렸다. 처음 우드의 그림을 본 아이오와 주민들은 무뚝뚝하고 투박하게 묘사된 자신들의 얼굴을 보고는 그랜트 우드가 그림을 통해 자신들을 풍자한다고 여겼다 하지만 오해는 그리 오래가지 않았다. 그랜트 우드는 미국인들이 가장 사랑하는 화가가 되었고 그의 그림은 오늘날 수많은 패러디를 낳고 있으니 말이다.
그는 산업화와 대도시의 문화적 지배에서 자유로운 농경사회를 일종의 이상향으로 삼았다. 고향 사람들이 그림의 소재가 된 것도 자신이 나고 자란 곳, 자신의 뿌리를 지키는 사람들에 대한 존경심 때문이었다.
나의 뿌리를 귀히 여기고 가꿀 줄 아는 마음. 그 마음의 주소만 확실하다면 시간은 오히려 훌륭한 자양분이 되어 나를 단련시킬 것이다.

우타가와 히로시게
〈오하시 다리 위에 갑자기 쏟아진 소나기〉
+
폴 베를렌
〈내 가슴에 눈물 흐르네〉

비가
내린다,

내 단단한
각오들은
어디로 갔을까?

내 가슴에 눈물 흐르네

폴 베를렌

도시에 비 내리듯
내 가슴에 눈물 흐르네
가슴을 파고드는
이 울적함은 무엇인가

오, 부드러운 빗소리여
땅 위에도 지붕 위에도
오, 쓸쓸한 가슴에 내리는

비의 노랫소리여!

상심한 이 가슴에
이유 없이 눈물 흐르네
뭐! 배신이 아니라고?
그래, 이 슬픔 이유가 없네

사랑도 미움도 없는데
내 가슴은 왜 이리 아픈지
까닭조차 모르는 게
가장 큰 고통인 것을!

날씨에 따라 마음은 이리저리 흔들리고 단단했던 각오들은 어디론가 흩어진다. 랭보의 연인이었던 폴 베를렌의 시처럼 가슴 속에 사랑도 미움도 없는데 아무 까닭 없이 마음 한 구석이 아파올 때는 또 얼마나 많은지.

비가 한바탕 쏟아지는 날이면 일본 우키요에[*]의 대가인 우타가와 히로시게歌川廣重, 1797~1858의 판화 〈오하시 다리 위에 갑자기

+ 에도 시대에 성립된, 당대 사람들의 생활상이나 풍경, 풍물을 그린 풍속화의 형태를 말한다. 일반적으로 여러 가지 색상으로 찍힌 목판화를 말하는 경우가 많지만 육필화도 우키요에의 범주에 들어간다.

쏟아진 소나기〉가 떠오른다.

이 판화는 일본의 예술이 중국의 영향을 벗어나 일본 고유의 개성을 꽃피운 에도 시대 작품이다. 히로시게가 1856년부터 1858년까지 약 3년에 걸쳐 에도의 여러 명소를 그린 화첩 《명소에도백경》에 수록된 작품인데, 인상주의 화가였던 모네와 고흐도 히로시게의 작품을 그대로 모사할 정도로 에도 시대 우키요에는 서양에 일본 예술의 개성을 널리 알린 히트작이다. 특히 고흐는 1886년 동생 테오에게 보낸 편지에 "나는 일본 미술품에서 보는 것처럼 순수하고 극단적인 명료함을 원한다"라고 썼을 정도로 일본 미술에 푹 빠졌다.

강렬한 빗줄기, 원색적 색감, 단순한 명암과 배경. 히로시게의 그림에는 유난히 비가 소재로 많이 등장한다. 먹구름과 짙은 강물, 나무다리, 비를 피하느라 분주히 걷는 사람들, 그 모든 풍경 위로 사선으로 시원하게 내리는 굵은 빗줄기는 마음에 흩날리는 먼지들을 씻겨주듯 청량하다.

바실리 칸딘스키
〈푸른 하늘〉
+
알렉산드르 푸시킨
〈삶이 그대를 속일지라도〉

마음은
미래에 살고
현재는 언제나
슬픈 것

삶이 그대를 속일지라도

알렉산드르 푸시킨

삶이 그대를 속일지라도

슬퍼하거나 노여워하지 말라

서러운 날을 참고 견디면

곧 기쁨의 날이 오리니

마음은 미래에 살고

현재는 언제나 슬픈 것

모든 것은 한순간에 지나가는 것

지나간 것은 훗날 그리워지나니

한 겨울 매서운 추위도 정열을 사그라뜨리지는 못했다. 러시아의 국민시인이자 러시아 문학의 아버지로 추앙받는 알렉산드르 푸시킨Aleksandr Pushkin, 1799~1837과 러시아를 빛낸 또 한 명의 화가 바실리 칸딘스키Wassily Kandinsky, 1866~1944의 작품을 번갈아 보며 푸시킨을 생각한다.

푸시킨은 자신의 아내 나탈리아 곤차로바와 염문설이 나돈 단테스와의 목숨을 건 결투에서 총상을 입고 기꺼이 숨을 거뒀다. 그를 휘감은 분노와 배신감, 그 한기 도는 정열은 그의 육신의 온기를 끝내 빼앗았지만, 이 비극적 결말 또한 푸시킨답다는 생각이 드는 건 왜일까?

푸시킨은 영혼의 평온과 자유를 노래하였다. 그의 명시 〈삶이 그대를 속일지라도〉는 살면서 비참한 순간에 처할지라도 시간이라는 완력을 거치면 거울처럼 반듯한, 그래서 더 투명한 내면을 갖게 될 거라는 담담한 긍정을 보여 준다.

푸시킨보다 약 100년 뒤 러시아에서 태어난 화가 칸딘스키 또한 순수와 자유를 갈망했다. 그는 자신의 그림에 그 어떤 구상적 요소들을 일체 배제한 채 미시세계의 추상성, 그 아무 것도 더해지지 않은 날것의 순수를 화폭에 담았다.

칸딘스키의 추상성은 〈푸른 하늘〉에서 더욱 깊어졌다. 마치 과학시간에 현미경으로 미생물을 관찰하는 듯한 이 그림은 가볍고 자유로운, 중력의 끌어당김에서 완전히 벗어난 존재를 그렸다. '순수추상화'라는 새로운 장르가 탄생한 순간이었다.

알프레드 시슬레
〈모레 근교의 루앙 강변〉
+
베드로시안
〈그런 길은 없다〉

아무도
가지 않은
길은 없다

그런 길은 없다

베드로시안

아무리 어둔 길이라도
나 이전에
누군가는 이 길을 지나갔을 것이고

아무리 가파른 길이라도
나 이전에
누군가는 이 길을 통과했을 것이다

아무도 걸어가 본 적 없는
그런 길은 없다

나의 어두운 시절이
닮은 여행을 하는
모든 사랑하는 이들에게
도움 될 수 있기를

아무도 가지 않은 길은 없다. 그 길이 아무리 험난하고 외로워도 이미 누군가는 이 길을 나처럼 걸었겠구나, 그래, 그리 생각하면 외로움의 무게는 덜어지고 한결 위로가 된다.

베드로시안의 시처럼 유독 '길'을 화폭에 담은 화가 시슬레Alfred Sisley, 1839~1899는 영국에서 태어나 프랑스에서 활동한 인상주의 화가다. 모네와 르누아르 등과 함께 당시에는 혁신적으로 받아들여졌던 '야외 그림'을 그렸는데, 1870년대의 파리 근교 풍경들, 강변과 초원, 마을의 골목과 길, 교회가 주요 소재였다.

순간적인 빛의 효과를 섬세하게 잡아낸 감각. 그의 그림을 보고 있노라면 자연에 대한 성실하고 순수한 마음이 전해지는 것 같다.

하지만 그 또한 대개의 화가들이 그렇듯 죽음 이후에야 세간의 인정을 받았다. 그는 사랑하는 부인이 죽은 지 몇 달 뒤 59세의 나이에

베드로시안이 시에서 강조한, 누구나 한 번은 떠나는 길을 걸었다. 그가 살고, 그가 그린 고요한 천변풍경들처럼 그의 죽음도 평화로웠기를.

조영석
〈바느질〉
+
황인숙
〈생활!〉

고단하지
않으면
구차한

생활!

황인숙

결혼한 친구가 보낸 편지에

이런 구절이 있었다

"일해서 벌어먹고 사는 일을 운명으로 받아들이는 데

수삼 년이 걸렸다. 나는 일을 해야만 한다.

그것이 처음엔 미칠 듯 외로운 일이었다"

자기 먹이를 자기가 구해야만 한다는 것

이 각성은, 정말이지 외로운 것이다

결혼을 한 여자에게는 더욱이나

내 누누이 하는 말이지만
가난하다는 건 고독한 것이다

인생이란!
고단하지 않으면
구차한 것

세 아낙네가 앉아 바느질을 하고 있다. 두 사람은 바느질을 하고 있고 한 사람은 가위로 천을 자르고 있다. 배경은 생략된 채 오직 세 사람에게만 초점이 맞춰졌다. 가운데 앉은 아낙은 어쩐지 조금 자세가 어색하다.

조영석趙榮祏, 1686~1761의 그림은 김홍도의 그림처럼 자연스럽고 그림 면면에 해학적 기교가 흐르진 않는다. 하지만 그의 그림은 투박해서 더 마음을 잡아끈다. 유약에 덤벙 담갔다 꺼낸 소탈한 분청사기처럼 서툴러서 정이 가는, 군더더기 없는 그림.

〈바느질〉이라는 이름이 붙은 이 그림은 조영석이 그린《사제첩麝臍帖》에 담겨 있다. 사제첩은 조영석이 스케치하듯 그린 풍속화를 모아놓은 화첩이다. 이 화첩에는 마구간, 새참, 소젖 짜기, 작두질 등

서민들의 일상생활이 잘 묘사되어 있다. 조영석은 이 화첩에 '사제'라는 제목을 쓴 후 걱정하듯 '남에게 보이지 말라. 범하는 자는 내 자손이 아니다勿示人犯者非吾子孫'라는 문구까지 써 놓았다.

당시만 해도 사대부가 그림을 그린다는 건 천한 일에 속했다. 그는 이 사실이 세상에 알려지는 것을 걱정했다. 그래서 후손들에게 당부의 말까지 적어 놓은 것이다. 다행히 후손들은 그의 말을 잘 지켜 《사제첩》은 1980년대에 와서야 세상에 알려졌다.

눈물 한 땀 사랑 한 땀, 삯바느질을 하고 있는 세 아낙의 모습. 배경은 생략됐지만 이들의 노동은 달 밝은 밤에도 계속됐으리라.

황인숙 시인의 시처럼 인생이란 고단하지 않으면 구차한 것일 게다. 하지만 이 구차함도 결혼한, 먹여살려야 할 식솔이 달린 여자에게는 절실함이 아니고 무엇일까.

에드가 드가
〈기다림〉
+
황지우
〈너를 기다리는 동안〉

기다림,
아직
희망 있음의
증거

너를 기다리는 동안

황지우

네가 오기로 한 그 자리에

내가 미리 가 너를 기다리는 동안

다가오는 모든 발자국은

내 가슴에 쿵쾅거린다

바스락거리는 나뭇잎 하나도 다 내게 온다

기다려 본 적이 있는 사람은 안다

세상에서 기다리는 일처럼 가슴 애리는 일 있을까

네가 오기로 한 그 자리, 내가 미리 와 있는 이곳에서

문을 열고 들어오는 모든 사람이
너였다가
너였다가, 너일 것이었다가
다시 문이 닫힌다
사랑하는 이여
오지 않는 너를 기다리며
마침내 나는 너에게 간다
아주 먼 데서 나는 너에게 가고
아주 오랜 세월을 다하여 너는 지금 오고 있다
아주 먼 데서 지금도 천천히 오고 있는 너를
너를 기다리는 동안 나도 가고 있다
남들이 열고 들어오는 문을 통해
내 가슴에 쿵쿵거리는 모든 발자국 따라
너를 기다리는 동안 나는 너에게 가고 있다

발레리나복을 입은 소녀 곁에 검은 정장을 입은 소녀의 어머니가 무언가를 기다리듯 앉아 있다. 그림 속 소녀와 어머니는 아마도 오디션을 받기 위해 연습실에서 순서를 기다리는 듯하다. 소녀는 마지막 점검이라도 하듯 토슈즈 속 발목을 어루만지고 있고, 어머니는 초조한 듯 살짝 표정이 굳어 있다.

우리는 늘 무언가를 기다린다. 그것이 시험이든 사람이든 사랑이든 혹은 풍요로운 경제력이든 자신이 기다린 그 대상이 자신을 행복하게 해 주며 구원해 주리라 믿는다. 잠시 착각일지라도 어쨌든 기다리는 대상이 있다는 것은 아직 '희망'이 있다는 얘기일 터다.

탁월한 서정을 바탕으로 실험적인 시를 써 온 황지우 시인은 우리가 무언가를 기다리는 시간, 특히 사랑하는 사람을 기다리는 순간의 감정을 섬세한 언어로 포착했다. 우리 자신도 모른 채 기다리는 것들, 스치듯 지나는 순간순간 속에 깃든 기다림은 어쩌면 살아가는 내내 계속 될 것이다.

드가Edgar De Gas, 1834~1917는 다른 화가들이 많은 관심을 가졌던 풍경화 대신, 사람 그중에서도 여성의 표정과 몸짓 그리고 감정을 순간적으로 포착해 그리는 데 열중했다. 드가의 그림에는 유난히 발레리나들이 많이 등장하는데 우아한 율동과 율동을 할 때마다 드러나는 인체 선, 춤의 속도와 리듬, 특히 무대 뒤 발레리나들의 심리적 묘사가 뛰어나 많은 이들의 사랑을 받았다.

피에트 몬드리안
〈빨강, 파랑, 노랑의 구성〉
+
월터 새비지 랜더
〈헤어짐〉

군더더기를 덜어 내는 시간

헤어짐

월터 새비지 랜더

다툴 값어치가 없기에 싸움 없이 살았다
자연을 사랑했고, 또 예술을 사랑했다
두 손을 생명의 불 앞에 쪼이었으나
불은 꺼져 가니 미련 없이 나 떠나련다

화가 몬드리안Piet Mondrian, 1872~1944의 작품은 우리에게는 꽤 친숙하다. 그림에 그다지 관심 없는 사람일지라도 대중매체에서, 혹은 학교 수업시간에 한 번쯤은 몬드리안의 작품을 눈에 익힌

경험이 있을 것이다. 특히 몬드리안의 작품에서 흔히 볼 수 있는 빨강, 파랑, 노랑, 검정의 구성은 우리나라의 전통 조각보와도 비슷하며 색이 고운 버선 내지 한복을 연상시키기도 한다.
몬드리안의 작품은 알다시피 가장 최소한의 색과 단위만을 썼다. 사각형으로 구성된 단순한 그림에서 군더더기라곤 찾아볼 수 없다. 그의 그림은 그가 생각하는 가장 완전한 도형인 사각형과 몇 가지 색만으로 채워져 있다. 후기 인상파의 영향을 받았다는 그는 자신의 작품에 색채주의를 실험했고, 단순하되 쉽게 잊히지 않는 강렬한 그림을 탄생시켜 근대 미술의 대표 화가 반열에 올랐다. 20세기 미술과 건축, 그래픽 디자인, 심지어 패션에까지 그가 미친 영향은 지대했다.

단순함의 미학. 스펙터클한 세상을 살다 보면 때로 단순해지는 것이 최선의 기술이라는 깨달음을 얻을 때가 있다.
월터 새비지 랜더의 시처럼 원치 않는 마음에 붙들려 미련인지 미움인지 모를 감정들로 피로가 쌓일 때 과감히 그 피로들에 굿바이를 날리고 싶은 순간들.
나는 그렇게 쓸데없는 감정 소모로 마음이 지쳤을 때, 몬드리안의 그림을 본다. 그리고 내 안의 군더더기를 덜어 낸다. 비단 마음의 군더더기만은 아니다. 유럽여행 중 수도원을 찾을 때마다 나는 단순함의 위대함까지 느끼곤 했다. 아주 적은 것만 갖고 만족하며 사는 수

도승들의 모습은 현대인이 닮고 배워야 할 것들이다. 도시의 삶에 지칠 때마다 나는 수도승들의 삶이 그립다. 가능한 한 많이 소비하는 게 미덕이 된 자본주의 세상에서 전혀 다른 생활, 어떤 일을 해도 땅과 하늘, 강에 해악을 입히지 않는 생활, 꼭 필요한 것 외에는 모두 베푸는 생활은 내 삶의 태도를 완전히 바꾸었다. 쉽지는 않으니 나도 수도승의 단순한 삶을 닮으려 노력하고 있다.

나는 몬드리안의 작품에서 그런 단순함의 힘을 느낀다.

어쩌면 산다는 건 번잡한 물건들, 온갖 감정의 피로를 하나하나 정리하는 단순함에 그 본질이 있을지도 모른다.

그러니 단순해지자. 지금보다 더욱!

조지프 말로드 윌리엄 터너
〈눈보라, 항구 어귀에서 멀어진 증기선〉
+
신철규
〈눈보라〉

운명을
밀고
나가는

저
증기선처럼

눈보라

신철규

이 배는 항구로 돌아갈 수 없을지도 모른다
악몽 속의 악몽처럼

앙상한 깃대에 밧줄로 몸을 묶고 눈보라 속에 있으면
증기선은 사나운 짐승이 되어 간다
검붉은 연기를 토해 내며

내가 보고 있는 눈보라
나를 보고 있는 눈보라

누군가 빠르게 지구를 돌리고 있다
얼어붙은 눈에 뜨거운 눈물이 솟는다

내 눈을 후벼 파는 손가락이여
내 눈 속을 파고드는 무거운 천사여

하늘을 향해 치켜 올린 말발굽처럼
목을 조르려는 손아귀처럼
우리는 딱딱한 기도에 몸을 맡긴다

증기선과 항구 사이에 매서운 눈보라가 가득하다

눈보라가 휘몰아치는 바다는 매우 위험하다. 모든 것을 삼킬 듯 새까맣게 일렁이는 파도는 무섭기까지 하다. 조지프 말로드 윌리엄 터너Joseph Mallord William Turner, 1775~1851는 영국에서 태어난, 천부적 재능을 지닌 풍경화가다. 그는 자연의 힘을 숭배했고 자연에서 큰 영감을 받았다. 그러면서도 많은 예술가들이 기계 문명에 대해 거부감을 보였던 것과 반대로 미술 역사상 최초로 증기 열차를 소재로 그림을 그렸다.

〈눈보라, 항구 어귀에서 멀어진 증기선〉은 눈보라가 치는 날의 바다와 증기선의 모습을 뚜렷하고 정확한 윤곽선으로 묘사하는 대신 흐릿한 인상으로 표현해 더욱 생생한 느낌을 준다. 그림을 보고 있노라면 바다와 바람의 힘이 바로 눈앞에 닥친 풍경처럼 실제적이면서 왠지 모르게 아름다워 깊은 상상력에 잠겨 든다. 어둠을 헤쳐 가는 배의 모습에서 강한 의지와 억척스러운 운명이 느껴진다.

시인 신철규의 시도 아주 힘 있고, 아름답다. 이 시를 쓰기 위해 시인은 그림 속으로 오래도록 여행을 했고, 터너는 이 풍경을 화폭에 담기 위해 이탈리아, 프랑스, 스코틀랜드 등 수많은 곳을 여행했을 것이다. 평생 이국을 유랑하며 수많은 풍경화를 남긴 그는 '인상주의'의 시작이 되었다.

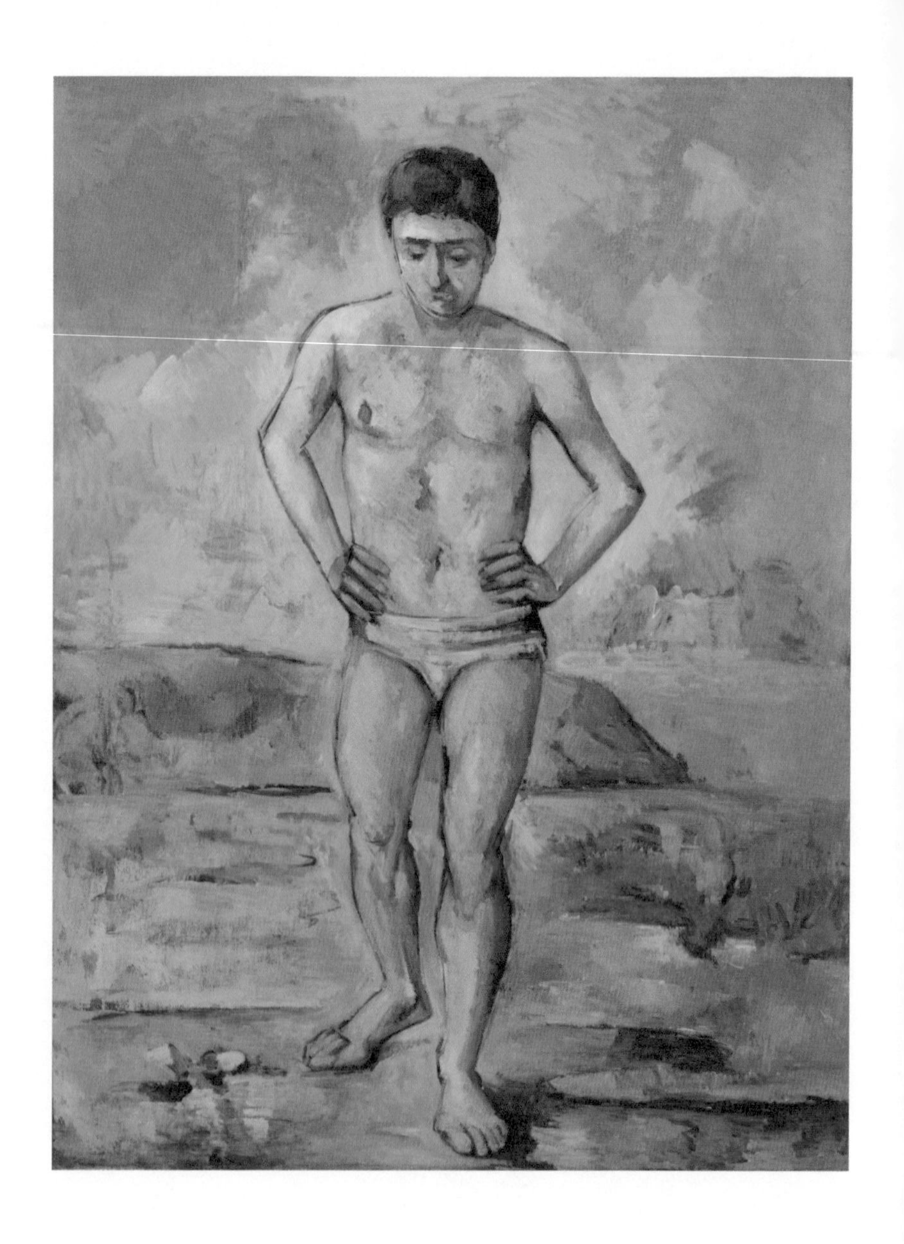

폴 세잔
〈소년〉
+
김명인
〈아들에게〉

네
파도는
또박또박

네가
타 넘는것

아들에게

김명인

풍랑에 부풀린 바다로부터

항구가 비좁은 듯 배들이 든다

또 폭풍주의보가 내린 게지, 이런 날은

낡은 배들 포구 안에서 숨죽이고 젊은 선단들만

황천 무릅쓰고 조업 중이다

청맹이 아니라면

파도에게 저당 잡히는 두려운 바다임을 아는 까닭에

너의 배 지금 어느 풍파 갈기에 걸쳤을까

한 번의 좌초 영원한 난파라 해도
힘껏 그물을 던져 온몸으로 사로잡아야 하는 세월이니
네 파도는 또박또박 네가 타 넘는 것
나는 평평탄탄만을 네게 권하지 못한다
섬은 여기 있어라 저기 있어라
모든 외로움은 결국 네가 견디는 것
몸이 있어 바람과 맞서고 항구의 선술로
입안 달게 헹구리니
아들아, 울안에 들어 바람 비끼는 너였다가
마침내 너 아닌 것으로 돌아서서
네 뒤 아득한 배후로 멀어질 것이니
더 많은 멀미와 수고를 바쳐
너는 너이기 위해 네 몫의 풍파와 마주 설 것!

찬바람이 불어 봄인데도 몹시 추웠던 어느 날, 뉴욕 근대미술관을 찾았을 때 미술관 건물 꼭대기에 걸려 있던 폴 세잔Paul Cezann, 1839~1906의 그림 〈소년〉. 〈소년〉은 그렇게 내 가슴에 들어왔다. 그림 속 소년은 세잔이 몹시 사랑한 아들, 폴의 초상이었을 것이다. 고개를 숙인 채 자라는 키만큼 성큼 다가오는 '세계의 무게'를 저 혼자 버텨 내고 있는 소년의 모습이 어딘가 모르게 불안하고 애잔하다. 아들을 바라보는 폴 세잔의 눈빛에는 염려와 응원이 깃들었을 것이다.

소년의 모습을 물끄러미 바라보다가 떠오른 건 김명인 시인의 시 〈아들에게〉였다.

"모든 외로움은 결국 네가 견디는 것. 더 많은 멀미와 수고를 바쳐 너는 너이기 위해 네 몫의 풍파와 마주 설 것!"이란 구절이 소년의 앞날에 보내는 담담한 응원 같다. 이 시 구절로 내 마음도 다져졌으니 꽃샘추위도 더 이상 차갑지만은 않았다.

폴 세잔은 '근대 회화의 아버지'로 불리는 프랑스 출신 화가다. 세잔은 회화의 규칙이랄 수 있는 질감, 원근법, 명암 등 기존 원칙 대신 구, 원통, 원뿔과 같은 새로운, 자신만의 개성이 담긴 규칙을 만들고 그림에 적용했다. 그는 후에 피카소, 브라크 등의 화가들에게 큰 영향을 끼쳐 '추상화'의 길을 열어 주었다. 정물화의 주요 소재로 등장한 사과는 세잔이 추구했던 표현 방법을 가장 잘 보여 주는 소재였다. 그리하여 세잔 스스로도 '사과' 하나로 파리를 정복했다는 말을 남겼다.

존 윌리엄 워터하우스
〈수선화〉
+
사라 티즈데일
〈휘는 보리처럼〉

다시
일어서는
보리처럼

휘는 보리처럼

사라 티즈데일

바닷가 낮은 들

모진 바람 속에서

끊임없이 노래하며

휘는 보리처럼

휘었다 다시 일어서는

보리처럼

나도 꺾이지 않고

고통에서 일어나련다
나 또한 나직하게
낮이건 밤이건
내 슬픔을 노래로 바꾸련다

괴로워할지언정 꺾이지 말고, 넘어졌을지언정 다시 땅을 짚을 것. 슬픔을 기쁜 노래로 바꿀 것. 어쩌면 인생은 사라 티즈데일의 시처럼 괴로움을 벗 삼아 마음의 스위치를 바꾸는 일일지도 모른다. 시를 쓰고 그림을 그리는 일도 삶에 도저히 달관할 수 없을 때 자신에게 하는 다짐 같은 것인지도 모른다.

감미로운 서정시를 주로 썼던 사라 티즈데일은 20세기 초 명료한 시어와 특유의 고전미로 문단의 주목을 받았다. 하지만 정작 "보리처럼 나도 꺾이지 않고 고통에서 일어나련다"라고 노래한 그녀는 자신의 자살을 막지는 못했다.

들판에 핀 보리처럼 유연하게 바람을 맞는, 아름다운 여인의 모습을 그린 존 윌리엄 워터하우스John William Waterhouse, 1849~1917. 그는 주요 작품에서 한 여인을 모델 삼아, 고전적이고도 이상적인 여인상을 그렸다. 영국인이었지만 이탈리아 로마에서 태어났고 화가였던 부모 아래에서 예술적 감수성을 키웠다. 이런 성장 배경은 그를 자연스럽게 고전미에 심취하게 만들었다. 초기에는 앨머 태디마에게 영향을 받아 신화적 소재나 역사적 주제를 활용해 작품을 남겼다. 하지만 이후에는 호메로스의 〈일리아스〉나 〈오디세이아〉 등 좀 더 시적인 주제를 작품에 녹여냈다.

주세페 아르침볼도
〈채소 기르는 사람〉
+
비에른스티에르네 비에른손
〈나는 생각하기를〉

엉뚱한
곳에

심오한
진실이

나는 생각하기를

비에른스티에르네 비에른손

나는 생각하기를 위대해지려면
우선 고향을 떠나야 한다고 생각했다
나는 그리하여 나와 모든 것을 잊었다
여행 떠날 생각에 사로잡힌 때
나는 한 소녀의 눈동자를 보았는데
먼 나라는 작아지면서
그녀와 함께 평화로이 사는 것이
인생 최고의 행복처럼 여겨졌다

나는 생각하기를 위대해지려면

우선 고향을 떠나야 한다고 결심했다

정신의 큰 줄기로 젊은 힘은 높이 용솟음쳤다

하지만 소녀는 내게 말없이 가르치기를

하느님이 주는 최대의 것은

유명해지거나 위대해지는 게 아니라

행복한 사람이 되는 것이라고 했다

나는 생각하기를 위대해지려면

우선 고향을 떠나야 한다고 생각했다

나는 고향의 냉정함을 알고 있었고

내가 오해받고 소외받음을 느꼈다

하지만 그녀를 통해 내가 발견한 것은

만나는 사람의 눈마다 사랑이 있다는 것

모두가 기다린 것은 나였던 것이다

그리고 인생은 새로워지게 되었다

주세페 아르침볼도Giuseppe Arcimbold, 1527~1593는 스위스에서 궁중화가로 활동한 이탈리아 화가이다. 아르침볼도는 그 누구도 생각 못한 기발한 상상력으로 꽃, 채소, 생선, 책, 나뭇가지 등과 같은 사물들을 조합해 사람의 얼굴처럼 보이게 하는 독특한 초상화를 그렸다. 그림을 구성하는 하나하나의 사물은 정교하게 그려졌지만, 재치 있는 배치로 사람 얼굴의 모습을 띠고 있다. 그러다 보니 당시에는 그의 그림이 저평가되어 무시를 받았다. 최근에서야 그림의 놀라운 상상력이 높이 평가받게 되었고 2007~2008년에는 주세페 아르침볼도의 첫 개인전이 열렸다. 그의 그림은 광고, 음반 커버, 애니메이션, 그 외 다양한 미디어에서 최근까지 다뤄지고 있다. 그만큼 21세기에도 여전히 매혹적이고 신선하다. 예나 지금이나 '유머'는 미덕인 것이다. "못생긴 얼굴 속에 아름다운 내면이 감춰져 있듯 엉뚱한 외모 속에 심오한 진실이 있다"는 말은 그의 그림을 가장 잘 드러내는 설명일 것이다.

인생의 심오한 진실을 찾아 고향을 떠나 방랑하는 시 속 화자. 그가 얻은 진실은 인생에서 가장 중요한 것은 유명해지는 것도 위대해지는 것도 아닌 행복한 사람이 되는 것이었다. 이 시를 쓴 노르웨이의 극작가이자 시인인 비에른손은 1903년 유럽 문학에 사회주의적 사실주의 확립을 하는 데 큰 기여를 해 노벨문학상을 받았다.

조르주 피에르 쇠라
〈서커스〉
+
김사인
〈화양연화〉

짓궂은
시간은
눈가에
내려앉아

화양연화

김사인

모든 좋은 날들은 흘러가는 것 잃어버린 주홍 머리핀처럼 물러서는 저녁 바다처럼. 좋은 날들은 손가락 사이로 모래알처럼 새 나가지 덧없다는 말처럼 덧없이, 속절없다는 말처럼이나 속절없이. 수염은 희끗해지고 짓궂은 시간은 눈가에 내려앉아 잡아당기지. 어느덧 모든 유리창엔 먼지가 앉지 흐릿해지지. 어디서 끈을 놓친 것일까. 아무도 우리를 맞당겨 주지 않지 어느 날부터. 누구도 빛나는 눈으로 바라봐 주지 않지

눈멀고 귀 먹은 시간이 곧 오리니 겨울 숲처럼 더는 아무것도 애닯지 않은 시간이 다가오리니

잘 가렴 눈물겨운 날들아
작은 우산 속 어깨를 겯고 꽃장화 탕탕 물장난 치며
슬픔 없는 나라로 너희는 가서
철모르는 오누인 듯 살아가거라
아무도 모르게 살아가거라

화려하고 역동적인 서커스. 찬란한 조명이 켜지면 갈고 닦은 몸 사위로 아름답고 아찔한 곡예가 펼쳐지고 관객의 호응은 절정에 이른다.
누구에게나 화양연화의 시간이 있다. 인생에서 가장 아름답고 행복한 시간이…… 그 순간들을 지나 보낸 후 비로소 깨닫는다. 생은 정말 속절없음을.
김사인 시인의 시는 우리에게 일러준다. 시간은 나이를 먹을수록 섬광처럼 흘러 우리도 앞선 사람들처럼 눈멀고 귀 먹는 때 오니, 지금을 잘 살펴 더 사랑하고 더 행복하라고.
푸른 잎사귀 같은 시간들이 바람에 흔들려 내는 싱그런 소리를 마음 가득 담아 본다. 시간의 색이 짙어질수록 한 뼘 더 성장할 수 있

기를.

〈서커스〉를 그린 조르주 피에르 쇠라Georges Pierre Seurat, 1859~1891는 점묘법을 새롭게 개척한 화가다. 수천, 수만 개의 작은 점들을 찍어 화면을 촘촘하게 채색한 방법은 첫 작품을 발표하자마자 큰 인기를 끌었다. 그의 대표작으로 꼽히는 〈그랑드 자트 섬의 일요일 오후〉는 꼬박 2년간 작업한 대작으로 유대감과 교감도 없는 지극히 개인주의적 삶을 표현하였다.

+ 점묘주의의 출현을 알린 쇠라의 대표작. 1880년대, 하위 중산계급 사람들은 파리 교외의 그랑드 자트 섬에 모여 피크닉을 즐겼는데, 쇠라는 이 풍경을 정밀하고 인상적이면서도 묘하게 비현실적으로 그렸다.

미켈란젤로 부오나로티
〈아담의 창조〉
+
로빈슨 제퍼스
〈내버려 둬라〉

예술가로
산다는
것

내버려 둬라

로빈슨 제퍼스

하느님께서 시인을 주셨으면

그저 귀 기울일 일이지

제발 죽을 때까지 내버려 둬라

상이나 의식은 그 사람을 망칠 것이니

시인은 자연과 제 가슴에 귀 기울이는 자다

그래서 세상의 소음이 주위에 일어날 때

제 비록 강한 사람이라도

적은 떨쳐 버릴 수 있겠으나 친구들이야 그럴 수 있겠는가

바로 이것이 워즈워스를 시들게
테니슨을 나약하게 만들었고
키츠 역시 망쳐 놓았을 것이다
또 이것이 헤밍웨이를 광대로 만들고
포크너로 하여금 제 예술을 잊게 하고 있으니

미켈란젤로Michelangelo Buonarroti, 1475~1564는 르네상스 후기에 활동한 이탈리아의 화가이자 건축가이며 조각가이다. 예술에 문외한이라도 누구나 한 번은 교과서에서 보고 들었을 그 이름. 교황 율리우스 2세의 요청으로 시스티나 성당+의 천장 벽화를 그리기 전까지만 해도 미켈란젤로는 그림보다는 조각과 건축가로 더 명성을 얻었다. 시스티나 성당 천장 벽화를 완성한 후에야 레오나르도 다빈치에 버금가는 대화가로 인정받았다.

〈아담의 창조〉는 시스티나 성당 천장 벽화의 일부분이다. 세계 미술사에서 제일 유명한 장면인 하느님이 인간을 창조한 뒤 오른팔을 뻗어 손끝으로 아담에게 생명력을 불어넣는

+ 교황 식스투스 4세가 1473~1481년에 세운 성당으로 현재 바티칸시국에 속해 있다. 교황을 선출할 때 추기경들이 모여 선거를 하는 신성한 장소다. 성당 안에는 이탈리아를 대표할 만한 벽화들과 천장화가 소장되어 있다. 미켈란젤로가 그린 〈아담의 창조〉가 바로 이곳에 소장되어 있는데, 〈아담의 창조〉는 시스티나 성당 천장화를 불후의 작품으로 만들었다.

장면이 바로 이 벽화에 등장한다.

미켈란젤로는 시스티나 성당의 천장 벽화를 완성하기 위해 무려 4년 반 동안 발판 위에 누운 채로 그림을 그렸다. 4년이 넘는 세월을 성당 바닥에 홀로 누워 〈아담의 창조〉를 그리면서 척추가 휘고 눈병까지 얻었다. 그리고 그 결과로 우리는 천지창조의 아름다운 순간을 빛나는 색채로 보여 주는 걸작을 만날 수 있게 됐다.

이브 탕기
〈엄마, 아빠가 다쳤어요〉
+
고형렬
〈꽃의 통곡을 듣다〉

누가
부르지 않아도

꽃은 피는
것입니까

꽃의 통곡을 듣다

고형렬

꽃의 통곡을 듣다

밖에서 누가 부르니까 꽃이 피는 겁니까

누가 찾아왔다 간다 나를 찾아올 사람들은 죽었는데

주먹을 자기 얼굴 앞에 가만히 올리고

가운뎃손가락 마디로 현관문을 똑똑똑 노크한다

먼 곳이다 작년의 그루터기와 얼음을 밟고 오는

그 신의 증인들일까

나는 대답을 놓쳤다 안에 주인 분 아니 계십니까

혀는 있는데 언어가 없어 대답할 수 없었다

물은 고여 침묵한다

방문이 실례가 된 적은 수없이 많았습니다

나는 오늘, 안에 있는 내가 누구인지 모르게 되었다

안에서 부름켜가 인간의 마음을 듣고 있었다

숨어 있는 것이 있다면 대답 않는 방법이 있을 거예요

그래서 꽃이 오는 길이 매우 춥고 그 시간은

우리가 태어나던 침묵의 흐름입니까

그럼 밖에서 누가 부르지 않아도 꽃은 피는 것입니까

하지만 가지에 저렇게 많은 꽃이 피는 것은

많은 사람들이 죽는다는 표시가 아니겠습니까

등 뒤에 그리고 뇌 속에

그들이 걸어가는 발자국 소리가 들린다

이브 탕기Yves Tanguy, 1900~1955는 사람의 무의식 그 깊은 숲을 거닐도록 우리를 초대하는 프랑스 초현실주의* 화가다. 22세에 화가가 되기로 결심한 후 독학으로 성장한 그는

* 제1차 세계대전 이후 1924년부터 제2차 세계대전 발발 직후까지 약 20년 동안 프랑스를 중심으로 일어난 예술 운동이다. 전쟁이 일어난 게 이성에 의한 합리주의라고 생각한 사람들은 이성의 지배를 거부하고 비합리적인 것, 의식 아래의 세계, 환상과 무의식을 표현하는 예술 혁신 운동을 벌였다.

같은 초현실주의 화가였던 케이 세이지와 결혼하여 미국 시민이 된다. 이후 미국의 전위 예술계에 큰 영향을 미치며 초현실주의 미술의 발전에 한 획을 그었다.

시간을 초월한 몽상적 요소를 배경으로 기기묘묘한 형상의 생물과 광물, 화석들이 등장하는 이브 탕기의 그림은 낯설고 조금은 기괴하다. 하지만 그가 그림을 통해 우리에게 건네는 질문은 그림만큼 단순하지 않다. 우리는 왜 태어났는가 그리고 어디로 가는가. 그 메아리 같은, 일생을 스스로에게 묻고 답해야 할 질문을 이브 탕기는 그림에 풀어놓았다.

심령적 기운이 서린 아득한 공간을 보며 고형렬 시인은 꽃의 통곡을 듣는다. 저 깊은 고요 속 신성한 기운까지 가닿는다. "저렇게 많은 꽃이 피는 건 많은 사람들이 죽는다는 표시"라는 시 구절이 가슴을 친다.

빈센트 반 고흐
〈별이 빛나는 밤〉
+
폴 엘뤼아르
〈그리고 미소를〉

밤은
완전하지
않으므로

그리고 미소를

폴 엘뤼아르

밤은 결코 완전한 것이 아니다
내가 그렇게 말하기 때문에
슬픔의 끝에는 언제나
열려 있는 창이 있고
불 켜진 창이 있고
언제나 꿈은 깨어나며
욕망은 충족되고 굶주림은 채워진다
관대한 마음과

내미는 손 열려 있는 손이 있고
주의 깊은 눈이 있고
함께 나누어야 할 삶
삶이 있다

밤이 내리면 꽃향기 풀향기도 짙어진다. 검푸른 하늘은 더 까매진다. 어두운 하늘의 별빛이 더 빛나는 만큼 값진 인생을 위해 소명은 더 단단해진다. 창작 연수가 늘어날수록 나 또한 소명에 대해 생각하는 날이 많아졌다. 글 쓰는 일은 매일매일이 힘들지만 그럼에도 과정 중에 분명히 배우고 얻는 게 있다. 그렇게 깨달은 일들을 주변과 나누는 것이 행복이리라. 삶에서 나누는 기쁨보다 더 큰 기쁨이 있을까?

고흐Vincent van Gogh, 1853~1890 역시 그 누구보다 예술가로서나 한 인간으로서 소명이 컸다. 고흐의 아버지는 목사였으며, 고흐도 영국에서의 짧은 교사 생활을 마치고 목사가 되려 했다. 그는 누구보다도 나누는 행복을 만끽하고 싶어했다. 책《고흐의 편지》에서 그가 보인 인간적 심성은 깊은 감동을 준다. 화가가 되기로 인생의 계획을 수정한 이후 고흐는 치열하게 그림에만 매진했다. 〈별이 빛나는 밤〉을 그리기 위해 고흐가 기울인 노력은 대단했다. 그는 모자 위에 양초를 고정하고 역사상 최초로 밤 풍경을 그렸다. 투박한 붓놀림으로 별빛이 흐르는 밤의 하늘을 극적으로 표현한 이 그림은 고흐의 걸작 중 하나로 꼽힌다.

〈그리고 미소를〉을 통해 밤을 노래한 시인 폴 엘뤼아르는 초현실주의를 대표하는 프랑스 시인이다. 그는 "시인은 영감을 받는 자가 아니라 영감을 주는 자"라고 말하며 저항시를 썼다. "밤은 결코 완전한 것이 아니다"라는 시 속 구절은 고흐의 삶을 생각하게 만든다.

찬란하도록 빛나는 밤, 너무나 안타까운 생.

고흐를 생각하는 밤은 언제나 잠이 달아난다.

귀스타브 쿠르베
<목욕하는 젊은 여인>
+
이덕규
<춘삼월>

춘삼월

이덕규

볕 좋은 툇마루 기둥에 기대어
무심코 소매 끝에 붙은
마른 밥풀 한 개를
입 속에 넣고 불리다가
깜박 잠이 들었다

멀리
들판 끝에서 알몸의

한 여자가 아른아른 일어섰다가
설탕처럼 녹아내리는 오후

잠결에도 입 안이 달다

"설탕처럼 녹아내리는 오후"라는 시 구절이 달아 잠이 쏟아질 것 같다. 그 졸음 속에서 같은 여자가 봐도 육감적인 몸이 어른거린다. 남자라면 눈이 멀 만큼 매혹적이다.

이 그림을 그린 프랑스의 화가 귀스타브 쿠르베Gustave Courbet, 1819~1877는 낭만주의 회화에 반발해 오직 실재하고 존재하는 것만 표현하겠다고 선언했다. 천사를 그려 달라는 주문에 "내가 천사를 보지 못했으니 천사를 그리지 못하겠다"고 답했다는 일화는 사실만을 화폭에 담겠다는 그의 고집을 엿볼 수 있는 대목이다.

그래서 그의 그림에는 뛰어나지도 화려하지도 않은 일반인들의 생활이 담겨 있다. 저기 먼 이상 세계가 아니라 여기 현실의 일상을 직접 보고 그리는 것.

사실주의●를 지향한 만큼 쿠르베는 누드를 그리더라도 슬쩍 훔

● 주관적이고 감정적인 낭만주의, 고전주의, 추상 예술에 대비되는 개념으로 객관적 사물을 있는 그대로 정확하고 세밀하게 재현하려는 미술의 한 경향이다. '리얼리즘'이라고도 하는 이 운동에 참여한 예술가들은 자신이 살고 있는 시대의 생활상을 자세히 관찰하고 기록하는 것을 목표로 삼았다. 귀스타브 쿠르베는 바로 이 리얼리즘 회화의 선두주자였다.

쳐보는 관음적 풍경이 아닌 마치 자신이 그 나체 앞에 서 있듯, 화폭 안에 존재하듯 그렸다.

이덕규 시인은 사소한 일상 속 낮잠 풍경을 오감을 자극하는 단순한 시로 풀어냈다. 쿠르베 그림 속 조금 나른한 듯한 여인처럼 익숙한 내 침대를 냇물에 띄워 싱그러운 잠을 자 보고 싶다.

2

절망에 관하여

울자,
때로는

너와 나를
위해

케테 콜비츠
〈죽은 아들을 껴안고 있는 어머니〉
+
G. 로르카
〈통곡〉

아무도
그를

아는 사람이
없었습니다

통곡

G. 로르카

가슴에 비수를 맞고

거리에 쓰러져 죽었습니다

그를 아는 사람은 아무도 없었습니다

그리고 가로등은

얼마나 무섭게 떨고 있었던가요!

어머니

조그만 가로등이 얼마나 떨고 있었는지

아세요!

새벽이었죠
굳어진 새벽 공기에
부릅떠 죽은 그의 눈을 감히 아무도
쳐다볼 수가 없었습니다
심장에 비수를 맞고
거리에 죽어 있었습니다
그리고 아무도 그를 아는 사람이
없었습니다

사람이 죽었는데 아무도 죽은 그 자를 아는 사람이 없다니……. 이보다 더 큰 비극이 있을까?
스페인 문학의 부흥을 주도한 대표 시인이자 극작가인 로르카는 세르반테스 다음으로 널리 알려진 작가다. 아무도 모르는 죽음. 그래서 가로등마저 두려움에 떨어야 하는 이 공포. 로르카의 시 〈통곡〉이 가슴을 먹먹하게 만든다면 독일의 여성화가 케테 콜비츠Kathe Kollwitz, 1867~1945의 판화는 비통한 울음을 토해 낸다. 독일 노동자들은 콜비츠의 판화를 통해 죽은 듯 순응하기를 강요받는 삶에서 자신의 목소리를 낼 용기를 얻었다. "콜비츠는 노동자 그 자체였다"는 말 속에는 그녀가 일하는 자들에게 얼마나 큰 영향을 미쳤는지가 담겨 있다.

그렇다면 케테 콜비츠의 실제 삶은 어땠을까?
그녀는 제1차 세계대전에서 사랑하는 아들을 잃었다. 1·2차 세계대전의 참화 속에서 수백 명의 아이들이 고통스럽게 굶어 죽는 걸 생생하게 지켜보았다. 세상 어디에도 선의가 남아 있지 않은 나날을 핏기 없이 버텨 온 그녀는 침묵 대신 저항을 택했다. 학살이 자행되는 처참한 현실에 등 돌리지 않은 것이다.
"구제 받을 길 없는 사람들, 상담도 변호도 받을 수 없는 사람들, 정말 도움을 필요로 하는 이 시대의 사람들을 위해 한 가닥의 책임과 역할을 담당하려 한다" "이 세상에서 전쟁은 모두 사라져야 한다"
그녀가 쏟아 낸 말에는 악惡을 지켜보며 저항한 자의 간절한 비판의식이 담겨 있다. 작품의 소재인 '죽음'은 인간의 고통과 가난, 부조리와 폭력을 가장 기민하게 담을 수 있는, 그래서 우리의 원초적 두려움을 밖으로 꺼내는 작용을 한다.
시대의 괴로움을 철저히 마주보고 함께 아프고 앓으며 어루만지는 데 인간의 위대함이 있다면, 그녀 케테 콜비츠는 '위대했다.'

에드바르트 뭉크
〈절규〉
+
데이비드 허버트 로렌스
〈현대의 기도〉

오늘날의 기도

현대의 기도

데이비드 허버트 로렌스

전능하신 재물의 신이시여, 저를 부유하게 해주소서!
지금 바로 부유하게 해 주시고
저의 부에 마군이 끼어들지 말게 하소서!
저의 운수를 훼방 놓는 것은
그 무엇이라도 시궁창에 처넣으십시오.
위대한 개새끼 물신이시여!

뭉크Edvard Munch, 1863~1944의 〈절규〉만큼 보는 이에게 감

정전이를 일으키는 그림은 또 없으리라. 강렬하다는 말로는 성에 차지 않는 '격렬한' 색감, 왜곡된 선, 허옇게 질려 사람인지 유령인지 분간하기 힘든 그 얼굴은 한 번 보면 뇌리에서 쉽게 사라지지 않는다.

누구나 힘들어서 비명에 찬 소리를 지를 때가 있잖은가. 꾹 참고 있어도 속에서는 웅얼거림이나 욕 비슷한 날말들이 터져 나오는 순간…….

그림을 그린 뭉크는 다섯 살 때 어머니를 폐병으로 잃고 동생들마저 차례차례 병으로 떠나보냈다. 집안에 드리운 죽음의 그늘은 뭉크의 몸과 정신을 무너뜨렸고, 그는 평생 온갖 질병에 시달리며 '고통'을 친구처럼 받아들인 채 살았다. 그는 자신의 고통스러웠던 유년 시절을 "질병, 광기, 그리고 죽음. 이것이 나의 요람을 지키는 암흑의 천사였다"고 회고한 바 있다.

뭉크의 그림은 이 세계에 드리운, 그래서 우리 인생에 드리울 어두운 면을 들여다보게 한다. 이 그림을 통해 나는 고통을, 터지는 울분과 절규를 부정하길 원치 않는다. 기쁨만큼 고통을 표현하는 것 또한 값진 일이기에.

이 자본주의 사회에서는 '긍정적인 태도'가 성공으로 가는 기본 자세처럼 굳어졌다. 엎어져도 고개를 들고 긍정적으로 웃음 짓기를,

아프니까 청춘 아니겠냐며 청춘에 드리운 그림자마저 긍정하기를 은근히 강요한다. 이 긍정적 자세가 강제성을 갖는 순간, 이것은 시스템으로, 정치로, 종교로 바뀌고, 우리 사회는 비판과 부정의 균형 잡힌 시각마저 내쫓는 분위기가 된다. 그래서 로렌스가 시 속에서 "위대한 물신 개새끼"라고 외칠 때는 카타르시스마저 느낀다.
부정을 부정하는 자본주의 세상에 당당히 욕할 수 있는 날은 언제 올 것인가.

클로드 모네
〈수련 연못〉
+
도종환
〈모네〉

경멸
오!

　　고마운
　　경멸

모네

도종환

경멸을 유파의 이름으로 삼으리라
데생의 기본도 안 되었다는 야유를
초보들의 희미한 초벌그림에 지나지 않는다는 조롱을
역사적 배경도 없는 그림을 그리고 있다는 비웃음을
있는 그대로 접수하고 그 위에 목탄을 칠한 뒤
손가락 끝으로 천천히 지우리라
그대들이 개막식 테이프를 끊고 건배를 드는 건물 밖에서
우리는 낙선자 전시회를 준비하리라

우리에게 강렬하게 다가왔던 햇살
초록의 잎새 위에서 찬란하게 몸을 바꾸던 빛
그것들을 만나기 위해 화실 밖으로 나가리라
화폭 밖에서 새로운 그림을 그리리라
본 것을 다 그리지 않으리라
몇 상의 수련 잎과 그 위에 앉은 불온한 구름
원근과 명암에 구애받지 않는 깊은 하늘을 옮겨 오리라
수면을 덮는 짙은 녹색의 물살과
그네를 타는 버들잎으로 다시 기뻐하리라
경멸, 오 고마운 경멸로
새로운 유파의 이름을 삼으리라

클로드 모네Claude Monet, 1840~1926는 매시간, 매분, 매초마다 빛의 변화를 느끼고 그 안에서 색을 헤아려 화폭에 담아낼 줄 아는 화가였다. 우리는 그의 그림을 통해 자연의 다채롭고 아름다운 색을 온전히 느낄 수 있다. 모네의 그림은 풍경을 사실 그대로 묘사한 것이 아니라 자연의 한순간을 마치 스냅사진을 찍듯 섬세하게 포착해 고스란히 담았다. 모네의 그림에 감탄한 세간은 "모네는 신의 눈을 가진 유일한 인간"이라는 말을 남기기도 했다.

도종환 시인은 그동안 보여 준 서정시와 다른 서사적 방식으로 모네의 예술 세계를 심도 있게 그렸다.
항상 도전하고 새로운 세계를 펼치는 개척자들에게는 비난과 비웃음이 따르듯, 모네 역시 처음에는 사물을 제대로 표현할 줄 모른다는 조롱을 샀다. 하지만 점점 모네의 인상주의를 따르는 화가들은 늘었고, 그는 진정한 인상주의의 창시자가 되었다.
"화폭 밖에서 새로운 그림을 그리리라. 본 것을 다 그리지 않으리라. 경멸, 오 고마운 경멸로 새로운 유파의 이름을 삼으리라"
경계 밖에서 자기 발자국 소리를 들으며 걷는 사람이라면, 모네의 그림을, 도종환 시인의 시를 귀담아 들을 일이다.

히에로니무스 보스
〈그리스도, 지옥으로 내려가다〉
+
최지인
〈아직도 우리는〉

이 시대의
생존법

아직도 우리는

최지인

이제 어떤 일이 일어나도
놀랍지 않을 것 같다

우리는 가끔 거리에서도
발작 증세를 보인다

뒤틀린 몸보다 곤혹스러운 것은
서로의 모습을 보며 희열을 느낀다는 것

그것을 숨기지 못하고
몸을 부들부들 떤다는 것이다

아픈 시간만큼
아프지 않은 시간이 두려웠고

아기가 촛농처럼 흘러내렸다

"생굴을 낳는 것 같아"
서로 웃으며

눈을 감았다
떴다

아직도 우리는

"뒤틀린 몸보다 곤혹스러운 것은 서로의 모습을 보며 희열을 느낀다는 것"
이보다 끔찍한 광경이 있을까 탄식하다가 현실 세계를 빼다 박은 듯한 표현에 잠시 몸서리쳤다.

조롱과 모멸, 은근한 학대를 이겨 내는 게 이 시대의 생존법이 된 지 오래다.

시대의 어두움을 신랄하게 보여 준 시를 읽고 있자니, 네덜란드의 화가 히에로니무스 보스Hieronymus Bosch, 1450년경 추정~1516가 그림에 옮겨 놓은 지옥의 모습이 떠오른다.

넓은 화면에 작은 인물과 동식물들이 기기묘묘하게 그려진 보스의 그림은 기이함을 넘어 공포스럽다. 그악스러운 표정의 악마, 신음이 절로 나올 만큼 끔찍한 고문의 잔상들은 그 자체로 두 번 보고 싶지 않은 '지옥'이다.

보스는 왜 이 추악함의 세계를 그림에 담게 됐을까?

안타깝게도 보스에 관해 알려진 사실은 극히 적다. 그가 언제 태어났는지, 누구에게 영향을 받았는지, 어떤 계기로 그림을 그리게 됐으며, 어떤 메시지를 그림에 담으려 했는지 그의 생각을 엿볼 수 있는 단초도 현재는 남아 있지 않다.

그림이 그려진 시기는 15세기. 500년 전 그림이라고 믿기지 않을 만큼 현대적인 감각이다. 21세기 초현실주의 화가들이 표현해 낸 것 이상으로 거대한 스펙트럼을 보여 준다.

"아픈 시간만큼 아프지 않은 시간이 두려웠고"라 말하는 시인의 통찰처럼 불행한 시간만큼 행복한 시간도 두려워하는 게 사람 살이다. 그 톱니바퀴에서 우리는 벗어날 수 없다. 사람은 모두 죄를 짓고 있으며, 그 대가로 파멸에 이르게 될 거라는 예언서의 말을 보여 주는 보스의 그림은 15세기에도 21세기에도 여전히 현재형이다.

장 프랑수아 밀레
〈만종〉
+
사무엘 E. 키서
〈작은 기도〉

다시는
두 볼이

젖는 일
없게 하소서

작은 기도

사무엘 E. 키서

눈멀어 더듬더듬 찾게 하지 마시고

맑은 비전으로

언제나 희망을 말할 수 있고

언제나 한결 따스한 기운을 더할 수 있다는 걸

알게 하소서

불길이 약할 때

얇은 옷 차려입은 꼬마들이 거기 앉아

여태껏 누려 본 적 없는 즐거움을 그려 보는 때에는
살랑살랑 부드러운 바람이 불게 하소서

가는 세월 동안
무심코 내가 던진 말이나
내가 얻으려고 애쓴 노력으로 인하여
가슴 아픈 일도
두 볼이 젖는 일도 없게 하소서

기도하듯 하루를 차분하게 맞이하면 생활이 달라진다. 아무리 바빠도 조급하게 흘러가지 않는다. 사무엘 E. 키서의 시처럼 맑은 심성으로 정성들인 기도를 바치며 살고 싶다.

장 프랑수아 밀레Jean Francois Millet, 1814~1875는 '농부의 화가'로 불리는 프랑스 화가다. 우리에게 널리 알려진 그의 대표작 〈만종〉은 해질녘 저녁 기도를 올리는 부부의 아름다운 풍경으로 알려졌다. 그러나 〈만종〉에는 어느 슬픈 가족의 이야기가 담겨 있다.

한겨울 추위와 배고픔을 이겨 내고 힘겹게 봄을 맞은 가족. 하지만 부부의 어린 아기는 결국 새 생명이 움트던 시기 굶주림을 이기지 못하고 죽고 말았다. 처음 밀레는 바구니 속에 죽은 아기를 그려 넣었지만, 이내 감자로 바꿔 그렸다. 그림을 본 밀레의 친구가 죽은 아기의 모습을 보고 무척 놀랐기 때문이다.
그리하여 이 그림은 슬픈 이야기를 감춘 채 해질녘 기도를 올리는 부부의 풍경으로 알려졌다. 19세기 후반부터는 판화와 사진을 통해 복제본이 널리 퍼지면서 레오나르도 다빈치의 〈모나리자〉만큼 유명한 세계 명화가 되었다.
어린 자식을 제대로 먹이지도 못하고 떠나보내는 부부의 모습이 거룩하고 경건할 리 없다. 부부는 휘몰아치는 감정을 지나 이윽고 아이를 위한 간절한 기도를 이렇게 바쳤을 것이다.

"다시는 두 볼이 젖는 일 없게 하소서"

冨嶽三十六景
神奈川沖
浪裏

가츠시카 호쿠사이
〈거대한 파도〉
+
가네코 미츠하루
〈해파리의 노래〉

흔들리고
흔들리고

쓸리고
쓸려서

해파리의 노래

가네코 미츠하루

흔들리고 흔들리고

이리저리 쓸리고 쓸려서

어느 틈엔가, 나는

이렇게나 투명해져 버렸지

하지만 흔들리는 것도 쉬운 일은 아니야

밖에서 봐도 환하게 비치지?

어때,

내 소화기관 속에는

털이 빠진 칫솔 한 개

그리고 누른 물이 조금

마음 같은 지저분한 것은 있지도 않아. 이제 와서는

창자 채로 파도가 쓸어가 버렸거든

나? 난 말이지

빈껍데기란 말이야

텅 빈 것이 파도에 흔들리다가

다시 파도에 휩쓸려 되돌아온다

시들었다고 여겨질 즈음엔

보랏빛으로 펼쳐지고,

밤은 밤대로

램프를 켠다

아니, 흔들리고 있는 것은, 사실은

몸을 잃어버린 마음 뿐인 거야

마음을 감싸고 있는
얇은 피막인 거야

아니지 아냐, 이렇게 텅텅 속이 빌 때까지
이리저리 흔들리고
쓸리고 쓸린 고통의
피로의 그림자에 지나지 않는 것이다

일본이 사랑한 화가, 가츠시카 호쿠사이葛飾北斎, 1760~1849. 그는 나이 90이 넘어 임종을 맞으면서도 자신이 이렇게 죽어 더는 그림을 그릴 수 없음을 억울해했다고 한다. 그림을 그리는 데 열중하다 방이 대책 없이 어지러워지면 이사를 감행해 무려 90번 넘게 이사를 갔다는 화가. 그 열정만큼 남긴 작품이 무려 3만 장이 넘는다. 가츠시카 호쿠사이의 우키요에는 멀리 유럽에서도 큰 인기를 끌었다. 고흐가 그의 작품을 좋아하고 영향을 받았다는 사실은 이미 잘 알려진 사실이다.
일본 에도 시대에는 당시 사람들의 일상생활이나 풍경, 풍물 등을 목판화로 찍어 낸 우키요에가 많이 제작되었다. 그중 〈거대한 파도〉, 〈후지산〉을 비롯한 호쿠사이의 우키요에는 현재 일본을 대표하는 작품으로 평가받는다. 이 작품들은 호쿠사이가 무려 70세가 넘어 제작한 작품집《후지산 36경》의 수록작이다.

반전시를 써 온 시인 가네코 미츠하루는〈해파리의 노래〉를 통해 인간의 본질을 묻는다. 현실 속에서 무력하게 흔들리며 부대껴 온 자신의 절망적인 피로감과 허무, 혐오를 파도 위에 떠다니는 투명한 해파리의 모습에 빗대 노래하였다.

프란시스코 고야
〈변덕 43〉
+
김성규
〈내 그림자는 어디로 갔을까〉

탐욕은
잠들지
않는다

내 그림자는 어디로 갔을까

김성규

내가 잠들면 등 뒤에서 유령이 깨어나지
웃는 얼굴로 나를 바라보면
잠든, 내 그림자가 천장을 덮지

부엉이처럼 눈을 뜨고 나는 거울을 보지
박쥐들이 거울 속에서 쏟아져 나오고
탁자에 팔을 괴고 쓰러져 잠든 얼굴
동그란 눈을 뜬 고양이

너는 어쩔 수 없어, 어쩔 수……

가위눌린 꿈속에서 나는 말을 더듬지

깨어나려 팔을 흔들지

나는 어쩔 수 없어, 어쩔 수……

수척해지며

탁자위에 쓰러진 만년필이 우는 소리

나를 잃읽으면 비통하게 늙어 갈 것이다

비통하게 늙어 가면 나를 잃읽을 것이다

내 그림자는 어디로 간 것일까

유령은 등 뒤에서 나를 보며 웃지

찢어진 그림자 같은 날개를 펄럭이며

밤새 천장을 날아다니는 박쥐들

눈을 뜨고 웃는 부엉이들

내가 잠들면 거울 속의 유령이 깨어나지

'스페인의 국민화가' 프란시스코 고야Francisco Jose de Goya, 1746~1828는 귀족의 후원 속에서 겉으로 보기에는 안락하고 성공적인 삶을 산 화가였다. 궁정화가였던 그는 왕족의 초상화를 그리고 스페인 주요 도시의 성당 벽화 작업을 하며 수많은 작품을 남겼다. 그것이 독이 됐을까. 과로에 시달리던 그는 휴가를 얻어 쉬던 중

병에 걸려 청력을 완전히 잃고 만다. 그의 나이 불과 47세, 고야는 82세로 세상을 뜨기까지 반평생을 귀머거리로 살았다. 당시 스페인은 혹독한 전제 군주 밑에서 썩을 대로 썩은 귀족들이 온갖 야만적인 일을 벌이던 시절이었다. 고야는 난청으로 고통받으면서도 이 야만의 시대를 어둡고 기괴한 작품들로 검축하게 그려 냈다. 화가로서 할 수 있는 유일한 폭로였을 것이다.

1799년 출판한 판화집 《변덕》에는 사람의 심층 심리를 묘사한 판화 연작이 실려 있다. 그는 판화집에서 "어떤 문명사회든 관습, 무지, 혹은 이기심을 부르는 일상적 편견과 광기, 기행은 셀 수 없이 많이 발견된다"는 말을 남겼다.

고야의 그림 〈변덕 43〉. 그림에서 고양이는 탐욕, 박쥐는 무지, 부엉이는 어리석음을 상징한다. 김성규 시인은 "나를 잃으면 비통하게 늙어갈 것이다. 비통하게 늙어가면 나를 잃을 것이다"라는 빛나는 시 구절을 통해 존재의 아포리즘을 보여 준다.

앙리 드 툴루즈 로트렉
〈숙취〉
+
박소란
〈심야식당〉

혼자
밥 먹는
일

심야식당

박소란

당신은 무얼 먹고 지내는지
궁금합니다
이 한 가지 궁금증이 오랫동안 가슴 가장자리를 맴돌았어요

충무로 진양상가 뒤편
칼국수를 잘 하는 집이 한 군데 있었는데
우리는 약속도 없이 자주 왁자한 문 앞에 줄을 서곤 했는데
그곳 오래된 입간판을 떠올리자니 지금도 더운 침이 도네요

아직 거기 그 자리 있는지 모르겠어요
맛은 그대로인지

모르겠어요
실은 우리가 칼국수를 좋아하기는 했는지

나는 고작 이런 게 궁금합니다
자그마한 탁자 위
어쩌다 흘린 김치의 국물 같은 것
닦이지 않는 얼룩 같은 것 맵고 아린 순간, 순간들

이제 더는 배고프다 말하지 않기로 해요
허기虛氣는 얼마나 부끄러운 일인지

혼자 밥 먹은 사람, 그 구부정한 등을 등지고
혼자 밥 먹는 일
형광등 거무추레한 불빛 아래
불어 선득해진 면발을 묵묵히 건져 올리며
혼자 밥 먹는 일

그래서

요즘 당신은 무얼 먹고 지내는지

"무얼 먹고 사느냐"는 말로 안부를 나누며 생의 고단함을 이해하고 서로를 염려하는 따스한 시절이 있었다. 이제 지고한 휴머니즘이 담긴 배려심은 시에서나 볼 수 있는 걸까? 시인은 쉽게 흘려버릴 일상을 섬세한 감각으로 그리면서 얼룩같이 흐려지는 시간을 아파한다. 더는 배고프다는 말을 하지 말자는 대목은 이 시대의 극심한 빈부격차를 증거한다. 또한 가난이나 허기증이 부끄러움이 아님을 역설로 보여 준다. 화가 로트렉Henri de Toulouse-Lautrec, 1864~1901이 살았던 115년 전의 파리는 어땠을까?
그 시절, 파리는 에펠탑이 세워지고 지하철이 생기고 고흐와 고갱이 치열하게 그림을 그렸다. 물랑루즈의 밤 문화 속에서 가난은 감춰야 할 수치가 아니었다. 가난해서 낭만이 있던 시대였다. 가난해도 예술과 문학을 깊이 이해할 수 있다면 창부라도 친구가 되는, 계급을 뛰어넘는 자유로움이 있었다. 그런 시대 분위기 속에서 로트렉의 예술은 더 환하게 꽃을 피웠다. 우아하고, 자연스럽고, 절제된 필치. 로트렉의 그림은 대중의 사랑과 비평가의 인정을 동시에 받았다. 그러나 12세기부터 내려온 유명 귀족들의 잦은 근친혼 탓에 유전적 결함을 지닌 채로 태어나 37세로 요절하였다.

파울 클레
〈황금물고기〉
+
윤의섭
〈청어〉

어둠을
밝히는
몸짓

청어

윤의섭

버스를 기다렸으나 겨울이 왔다
눈송이, 헤집어 놓은 생선살 같은 눈송이

아까부터 앉아 있던 연인은 서로 반대방향을 바라보고 있다
저들은 계속 만나거나 곧 헤어질 것이다
몇몇은 버스를 포기한 채 눈 속으로 들어갔지만
밖으로 나온 발자국은 보이지 않았다

노선표의 끝은 결국 출발지였다
저 지점이 가을인지 봄인지 지금은 알 수 없다
눈구름 너머는 여전히 푸른 하늘이 펼쳐졌을 테고
먼저 도착한 사람들의 시간은 좀 더 빨리 흘러갈 것이다

끝내는 정류소라는 해안에 버스가 정박하리라는 맹목뿐이다
눈의 장막을 뚫고 나오기를

기다린다는 건 기다리지 않는 것들을 버려야 하는 일

등 푸른 눈구름이 지나가는 중이다
국적 없는 눈송이들의 연착륙이 이어졌고
가로수의 가지들만이 하얀 속살 사이에 곤두서 있다
버스를 기다렸으나 이 간빙기에서는 쉽게 발라지지 않았다

어딘가 익숙하다. 기억을 조금 더 더듬어 유년 시절을 떠올려 보라. 초등학생 시절 스케치북 위에 크레파스를 쥐고 이와 비슷한 그림을 그려 본 적이 누구나 한 번쯤 있을 것이다. 잠시 잊고 있던 유년의 날들, 그 동심을 떠올리게 하는 그림 〈황금물고기〉. 화가 파울 클레Paul Kle, 1879~1940의 작품은 이 그림처럼 선과 형태, 색채의 결합

이 주 특징이다. 그는 추상회화의 초석을 깐 대표적 화가 중 한 명으로 꼽히지만, 그가 그린 수많은 작품은 구상적인 미술양식과 추상적인 미술양식 모두를 따르고 있어, 그를 어느 특정 미술 사조에 넣기는 어렵다. 파울 클레의 그림은 아동이 그린 그림을 떠올린다는 이유로 당시 나치 정권에서 저급한 예술로 취급받았다. 특히 그는 뒤셀도르프 미술학 교수로 지낼 때 나치가 시행한 예술 탄압으로 작품 102점을 몰수당하는 모욕을 겪기도 했다. 보수적인, 전체주의 국가에서 예술가들의 다양한 실험 정신이 곱게 보일 리 없었다.

다시 그림으로 돌아가자. 바다는 칠흑 같이 어둡다. 깊은 바닷속 수초들은 푸른빛을 띠며 어둠을 밝히고 있고 작은 물고기들은 무언가를 피하듯 한 방향으로 움직이며 수초 사이를 파고든다. 이 작은 물고기들과 압도적 차이를 보이는 황금빛 물고기는 화려한 자태로 그림 한가운데에서 존재감을 뿜어 대고 있다. 칠흑 같은 바다를 밝히는 유일한 존재는 이 황금물고기다.

파울 클레는 튀니지 여행을 계기로 색채에 눈을 떴다. 이 화사하면서 시각적인 색채는 파울 클레의 그림을 한층 더 환상적 분위기로 이끈다.

윤의섭 시인의 시 〈청어〉는 물고기의 심상을 겨울 풍경에 빗댔는데, 그림과 어우러져 묘한 매혹을 준다.

피테르 브뢰헬
〈거지들〉
+
곽효환
〈거지들〉

그런
눈으로

바라보지
말아요

거지들

곽효환

그런 눈으로 바라보지 말아요

우린 문둥이가 아니에요

거지들, 그래 거지들이라고 불러주세요

썩어 없어진 다리를 나무 받침목으로 대신하고

짧은 목발로 몽당한 몸을 지탱하지만

양지 바른 날의 외출길이에요

찌그러진 얼굴, 성난 듯한 혹은 놀란 듯한 표정은

우리의 의지가 아니에요
나도 웃을 수 있어요
아니 웃고 있어요
당신 보기엔 경악스럽고 충격일지 몰라도
내 얼굴 근육은 분명 웃고 있어요

내 몸에 붙은 버들강아지는
내 몸에 덕지덕지 붙은 버들강아지는
내 몸을 갉아먹는 병을 표지하는 주홍글씨
내 몸이 닳아지는 것은
당신 얼굴에 주름지고 살결이 처지는 것과 다르지 않아요

아무 일 없다는 표정으로 바라보는
그 눈빛에 가득한 경계심 혹은 음습한 두려움
제발 그런 눈으로 보지 마세요
당신이 일을 마치고 귀가하듯이
저녁을 먹고 산보를 하듯이
화창한 오후 한때 시장에라도 둘러볼 요량으로
우리도 사육제에 가는 길이에요
차라리 이렇게 물어 주세요

그래서 기쁘세요, 라고

목발과 보호대에 힘겹게 몸을 의지한 채 불안한 시선을 던지는 부랑자들. 그들의 표정에서 자신의 운명에 대한 깊은 체념을 읽을 수 있다. 자신의 몸 하나를 지탱하는 것이 곧 온 우주의 무게를 감당하는 것만큼 버거웠을 삶.

지금으로부터 500년 전, 중세 시대에는 질병이나 사고에 의해 장애를 입은 경우라도 신의 저주를 받았거나 악마에 씌인 것으로 여겼다. 가뭄이 들거나 큰 비가 내리는, 단순한 자연재해도 악마의 소행으로 생각하던 시대였다. 팔이 없거나 다리를 잃거나 말을 하지 못하는 이들은 사회적으로 완전히 배척당했고, 모멸과 멸시의 대상이 되기 일쑤였다.

화가 피테르 브뢰헬Pieter Bruegel, 1525년경 추정~1569은 '농민 화가'라는 별명이 붙을 만큼 당대의 삶과 일터, 풍속에 대한 세밀한 관찰이 돋보이는 그림을 그렸다. 그의 그림에는 동시대를 바라보는 그만의 시각이 엿보인다. 그는 고단한 민중들의 삶을 사실적으로 그려 민중들의 삶을 묵묵히 응원했고 그들에게 박수를 보냈다. 그들의 불안한 걸음걸음에 버팀목이 되어 주고 싶은 곽효환 시인의 시는 '장애'라는, 나와 다른 모습을 한 타인에게 우리가 보내야 할 따뜻한, 그리고 세심한 시선을 가만가만 일러 준다.

디에고 벨라스케스
〈시녀들〉
+
이문재
〈햇볕에 드러나면 슬픈 것들〉

나는
누구에게
속은
것인지

햇볕에 드러나면 슬픈 것들

이문재

햇볕에 드러나면 짜안해지는 것들이 있다
김이 모락모락 나는 흰 쌀밥에 햇살이 닿으면 왠지 슬퍼진다
실내에 있어야 할 것들이 나와서 그렇다
트럭 실려 가는 이삿짐을 보면 그 가족사가 다 보여 민망하다
그 이삿짐에 경대라도 실려 있고,
거기에 맑은 하늘이라도 비칠라치면
세상이 죄다 언짢아 뵌다 다 상스러워 보인다

20대 초반 어느 해 2월의 일기를 햇빛 속에서 읽어 보라
나는 누구에게 속은 것인지, 도무지 알 수가 없어진다
나는 평생을 2월 아니면 11월에만 살았던 것 같아지는 것이다

디에고 벨라스케스Diego Velazquez, 1599~1660는 바로크 시대를 대표하는 스페인 화가다. 그는 어릴 때부터 체계적인 미술 교육을 받았다. 특히 초상화에 남다른 재능을 보여 스페인 왕실의 초상화를 그리는, 왕실 전속 화가로 활동했다.
〈시녀들〉은 마르가리타 공주의 시중을 드는 시녀의 모습을 그렸는데 왕실이라는, 내밀하고 엄숙하면서 지극히 세속적인 공간의 공기를 잘 담아냈다.
그림 속 어린 마르가리타 공주와 시녀들, 왕과 왕비, 난쟁이 그리고 이 그림을 그린 벨라스케스까지 그림 안에는 많은 사람들이 등장하는데, 이 그림의 원래 제목은 아이러니하게도 〈가족〉이었다. 그래서 벨라스케스의 그림 속 장면은 사실인지, 상상인지 아직까지 수수께끼로 남았다.
벨라스케스의 그림이 왕실 집안의 풍경이라면, 이문재 시인의 시는 서민의 애달픈 풍경이다. 햇볕에 드러난 서민의 현실이란 쌀밥의 하얀 김처럼 애절하다. "나는 누구에게 속은 것이지, 도무지 알 수가 없어진다. 나는 평생을 2월 아니면 11월에만 살았던 것 같아지는 것

이다"라는 시인의 아프고 아름다운 시가 가슴 속에 여운을 길게 드리운다.

귀스타브 카유보트
〈마루를 벗기는 남자들〉
+
백무산
〈손〉

요즘엔

손을 보아
알겠네

손

백무산

예전엔 얼굴을 보아 알겠더니
요즘엔 뒤를 보아 알겠네

예전엔 말을 들어 알겠더니
요즘엔 침묵을 보아 알겠네

예전엔 눈을 보아 알겠더니
요즘엔 손을 보아 알겠네

웃옷을 벗은 세 남자가 마루 결을 벗기고 있다. 마루 결 하나하나까지 정밀하게 묘사한 그림은 보는 이로 하여금 사진이 아닌가 헷갈릴 정도로 현실감이 묻어난다. 이 작품은 귀스타브 카유보트Gustave Caillebotte, 1848~1894의 데뷔작 중 하나다. 하지만 이 작품은 처음 발표됐을 때 평론가들에게 '상스럽다'는 혹평을 받는다. 살롱에 출품했지만 거절당하고 말았다.

당시에는 농부나 전원에서 일하는 사람을 묘사하는 것이 일반적인 풍속이자 미풍이었다. 도시 노동자를 묘사한 그의 작품은 어딘가 모르게 사람들을 불편하게 했다. 마루 결을 벗겨 다듬는 세 남자의 조금은 마른 듯한 몸은 그들의 삶이 녹록치 않았음을 짐작할 수 있게 한다.

노동의 적나라한 현실을 사람들은 마주보고 싶지 않았던 걸까?

사실 '상스럽다'라는 말은 평론가들이 떠넘기식 보도처럼 숱한 작품에 참 쉽게 휘둘렀던 단어 중 하나다. 그 진부하고 무책임한 혹평은 그러나 오래가지 못했다. 근대 남성의 생활 모습을 탁월하게 묘사한 포토리얼리즘 화풍은 사람들의 인정을 받기 시작했고, 그는 프랑스 인상주의 화풍을 한층 더 세련되게 끌어올렸다는 평가를 받고 있으니 말이다.

노동운동가로서 지난 30년간 자본의 폭력에 맞서 싸워 온 시인 백무산의 시에서 노동의 고달픔, 그러나 그 속에 깃든 성실과 근면의 흔적을 읽는다. 그 흔적은 우리에게 묻는다. 자본의 가치를 넘어선 인간 존재의 근원은 어디에 있느냐고 말이다.

제임스 앙소르
〈가면〉
+
김경후
〈우리는 홀로〉

'약한
사람들'에
관하여

우리는 홀로

김경후

나는 너를 안는다
일곱 명의 자식 중에 여덟 번째 딸처럼
너는 내게 온다
추락하는 나비의 날개냄새를 타고

아무도, 라는 이름을
너는 네게 말한다
아무것도, 라는 이유를

침이 빠진 텅 빈 시계판을

우리는 홀로 바라본다

가면의 단 하나의 변하지 않는 사랑을

우리는 홀로 나눈다

가슴뼈로 만든 백묵으로

서로의 얼굴에

침묵을 그려 넣는다

섬뜩한 기분이 들만큼 괴기스런 가면을 쓴 사람들로 화면이 꽉 차 있다. 그중 한 사람만이 가면을 벗은 채 정면을 응시하고 있다. 벨기에 출신의 화가이자 판화가인 제임스 앙소르James Ensor, 1860~1949. 그는 가면을 쓰고 카니발을 즐기는 사람들에게서 깊은 인상을 받았다. 그가 이들 모습에서 발견한 것은 '인간의 이중성'이었다. 시인 김경후의 시처럼 서로의 얼굴에 침묵을 그리는 일. 어쩌면 사람들이 쓴 가면은 시인의 말처럼 자신의 외로움을 감추려는 도구일지도 모르겠다.

우리는 솔직해지기 위해 굉장한 용기를 내야 하는 이상한 사회에 살고 있다. 하지만 솔직해지고자, 나다워지고자 낸 용기를 받아줄 상대가 있다면 덜 외로울 것이다.

나는 언젠가부터 자신이 약하다고 인정할 줄 아는 사람이 좋아졌다. 이런 사람일수록 타인의 슬픔에도 깊이 공감할 줄 안다. '공감'은 가면 너머의 얼굴을 마주보는 일이다. 지금 우리는 저마다 어떤 가면을 쓰고 있는가.

제임스 앙소르의 그림 속에는 이처럼 어리석은 인간상에 대한 풍자가 담겨 있다. 그는 초기에 드가, 고흐, 터너의 영향을 받았다. 하지만 시간이 흐를수록 자신만의 독창적인 화풍을 열어 갔다. 비록 당대 비평가들이 그의 그림을 인정하지 않았고, 한 비평가로부터 '쓰레기'라는 혹평까지 들었지만 오늘날 그의 그림은 표현주의•의 선구로 인정받으며 널리 사랑받고 있다. 인생의 아이러니가 바로 이런 데 있다.

✚ 표현주의는 1910년을 전후해 프랑스와 독일에서 등장한 미술 운동이다. 눈에 보이는 세계만 그리던 기존 예술 경향과 달리 자신들이 느끼는 감정들, 공포나 불안, 기쁨과 슬픔, 절망과 체념 등 작가 본인의 감정에 충실한 주제를 당당히 그림으로 재현했다. 대표적인 표현주의 화가로는 뭉크, 루오, 칸딘스키 등이 있다.

엘리후 베더
〈스핑크스의 질문자〉
+
뮤리엘 러카이저
〈신화〉

보이는
세계
너머

신화

뮤리엘 러카이저

오랜 뒤에 오이디푸스는
늙고 눈먼 몸으로 길을 걷고 있었다.
익숙한 냄새가 났다. 스핑크스였다.
오이디푸스가 물었다
"한 가지 물어보고 싶은 게 있다
내가 왜 어머니를 못 알아보았을까?"
"네가 말한 수수께끼의 답이 틀렸으니 그렇지"
스핑크스가 대꾸했다

"하지만 내가 답을 맞춰 모든 일이 가능한 것 아니었나?"

오이디푸스가 말했다

"아냐"

스핑크스는 부정했다

"내가 아침엔 네 발로, 낮엔 두 발로, 저녁엔 세 발로 걷는 것은

무어냐고 물었을 때 너는 사람이라고 대답했다

여인에 대해선 전혀 말하지 않았지"

오이디푸스가 말했다.

"사람이라고 하면 거기에 여인도 포함해서 말하는 걸세. 다 아는 거 아닌가."

스핑크스가 대꾸했다.

"그거야 네 생각이지"

이집트에서 본 거대한 스핑크스가 기억난다. 그때의 경이로움과 황홀함은 아직도 머릿속에 강렬함으로 남아 있다. 이집트를 가지 않은 채 오직 상상력만으로 〈스핑크스의 질문자〉를 그린 무명 화가 엘리후 베더Elihu Vedder, 1836~1923. 그의 한 세대를 앞선 신비로우면서도 시적인 작품은 화단에 큰 반향을 불러일으켰다. 당시 남북전쟁으로 상처를 입은 미국인들은 특히 이 그림에 큰 감명을 받았다.

현재 보스턴미술관•에 소장중인 이 그림은 신비로운 분위기에 매료

된 어느 부유한 콜렉터가 즉석에서 구입하겠다고 나서 화제를 모았고, 큰 인기를 얻어 여러 버전으로 재탄생되기도 했다. 베더 그림의 열렬한 팬인 미국인 부호 조지 콜리스가 모든 경비를 대고 함께 떠난 이집트 여행은, 베더에게는 감격 그 자체였다. 그는 상상으로 그려 왔던 이집트의 찬란한 고대 문물을 모두 감각에 아로새기고 돌아왔다.

여행 후 그의 관심은 '보이는 세계 너머'로 향했다. 미국의 시인 뮤리엘 러카이저는 사회 내 폭력과 불의를 목격한 이후 사회 현실을 고발하는 저항시를 썼다. 성, 계급, 인종 차별 같은 사회 병폐에 제 목소리를 내며 그녀가 꿈꾼 것은 사랑과 연대를 이룬 공동체였다. 그녀는 "우주는 원자가 아니라 스토리로 이루어져 있다"는 말을 남긴 걸로도 유명한데, 보이는 세계 너머의 것에 천착한 엘리후 베더는 분명 그녀의 말에 공감했으리라.

+ 뉴욕의 메트로폴리탄 미술관과 함께 미국에서 손꼽히는 미술관이자 세계 4대 미술관 중 하나다. 1876년, 미국 독립 혁명 100주년을 기념해 개관했으며 르누아르, 고흐, 드가, 모네, 고갱 등 50만여 점의 작품들이 전시되어 있다.

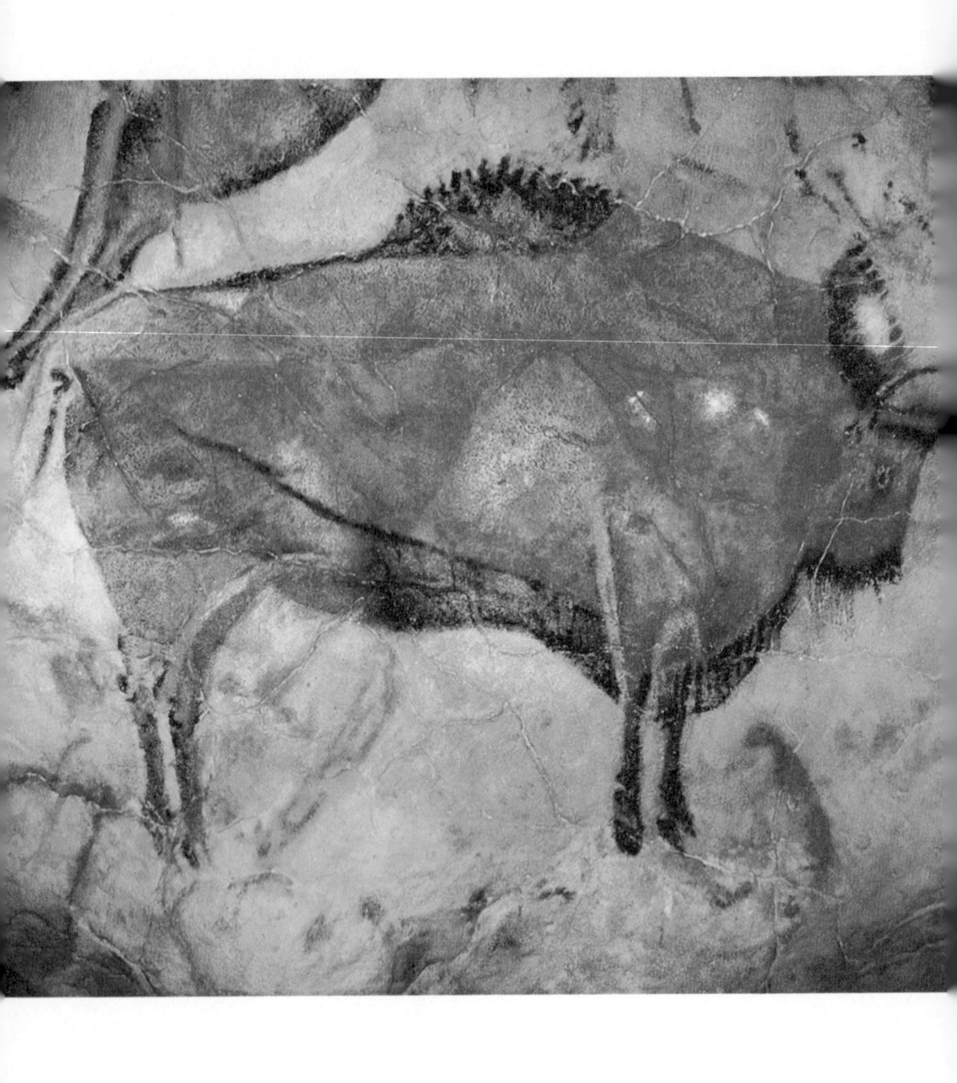

작자 미정
〈알타미라 벽화〉
+
조현석
〈알타미라 벽화처럼〉

오늘밤
의
무사안일

알타미라 벽화처럼

조현석

잠에서 깬 후 확실히 깨어났는지 확인하며 눈 부라려 암흑의 새벽을 훑는다 혹여 꿈에 못 보고 놓친 것은 없었을까 잠시 숨 멎은 적 없었을까 하는 조바심에 체온이 가시지 않은 자리를 더듬는다

병원에 가면 없던 병도 생긴다는데 영안실에 가면 아득히 잊고 지냈던 것들이 줄줄이 떠오른다

옛집 옥상 보일러 뒤와 거미줄 흔들리는 검은 벽 사이 비좁았던

어린 시절이거나, 지하 사글세방 쩍쩍 금이 간 방구들의 눅눅했던 청소년 시절이거나, 뒷산 고목 아래 겨우내 썩어서 삭아 내린 부엽토처럼 아무 것도 건질 것 없었던 직장 시절이거나, 알타미라 벽화 한 귀퉁이 흐리게 지워졌을 그림처럼 무미건조한 전생의 작디작은 먼지보다 더 작은 흔적들 오래오래 남았을 거야

미처 꾸지 못하거나 떠오르지 않거나 기억하지 못하거나 한 길몽 따윈 없을 것이라서 견고한 벽화의 어둠이 쏟아 낸 진땀 흥건한 악몽들이 울퉁불퉁 솟은 잠자리를 더듬더듬 확인한 후에야 역시 오늘밤 무사안일을 빌어본다

인류가 만든 최고로 오래된 예술작품 중 하나가 바로 알타미라 동굴벽화다. 스페인 북부 칸타브리아 지방에서 발견된 알타미라 동굴벽화는 후기 구석기 시대의 박물관이라 부를만큼 당시 인류에 대한 귀중한 정보를 제공할 뿐 아니라 작품성도 매우 뛰어나다. 이 벽화 앞에서는 시간도 제 힘을 발휘하지 못한다. 마치 살아 움직이는 동물을 보는 듯한 생생함과 역동성!
알타미라 벽화는 어느 고미술 수집가의 어린 딸에 의해 처음 발견되었다. 보존 상태가 훌륭해 처음에는 이것이 기원전 3만 년 전 벽화임을 믿지 못했다.

구석기 시대 사람들은 주술에 기대 살았다. 잡고 싶은 동물을 벽화로 남기면 주술의 힘에 의해 그 동물을 잡을 수 있다고 믿었다. 조현석 시인은 영안실이라는 특수한 공간과 알타미라 동굴벽화를 겹쳐 보면서 사람의 추억과 역사를 섬세하게 그려 낸다. 시인 개인의 추억이라 치부하기에는 한 시대 우리의 모습을 대변한다.

3

사랑에 관하여

눈을
맞추고,

마음을
맞추고

마리 로랑생
〈잊혀진 여인〉
+
마리 로랑생
〈잊혀진 여인〉

내가 네게

잊힐

때

잊혀진 여인

마리 로랑생

권태로운 여인보다

더 불쌍한 여인은

슬픔에 싸인 여인이에요

슬픔에 싸인 여인보다

더 불쌍한 여인은

병을 앓고 있는 여인이에요

병을 앓고 있는 여인보다
더 불쌍한 여인은
버림받은 여인이에요

버림받은 여인보다
더 불쌍한 여인은
쫓겨난 여인이에요

쫓겨난 여인보다
더 불쌍한 여인은
죽은 여인이에요

죽은 여인보다
더 불쌍한 여인은
잊혀진 여인이에요

이별은 이 세상에 수많은 예술작품을 남겼다. "나 보기가 역겨워 가실 때에는 말없이 고이 보내 드리우리다" 굳이 김소월의 시를 예로 들지 않더라도 이별을 주제로 한 명시들은 다 헤아릴 수 없을 만큼 많다. 아이러니하게도 당사자에게는 치명적인 고독을 안

긴 이별이 타자에게는 시간과 공간을 넘어 고전으로 읽히는 일이 얼마나 많은가. 어쩌면 예술가들은 이별을 시로, 그림으로, 음악으로 표현하면서 자기 마음을 달래고 어루만진 것인지도 모른다.

마리 로랑생Marie Laurenci, 1883~1956은 시인이자 소설가였던 기욤 아폴리네르와 연인 사이였다. 연인은 강 하나를 사이에 두고 살았고, 미라보 다리를 오가며 사랑을 키웠다. 연인에게 사랑을 속삭이던 장소는 이별 후 가장 잔인한 장소가 된다 했던가. 아폴리네르는 로랑생과 이별 후 〈미라보 다리〉라는 유명한 시를 지었다. 강의 다리만 건너면 사랑하는 여인 마리 로랑생을 만날 수 있었지만 그들은 끝내 서로의 손을 다시 잡지 않았다. 마리 로랑생은 시 〈잊혀진 여인〉을 썼다. 사랑하는 사람에게 잊혀진다는 것만큼 가혹한 일도 없을 것이다.

로랑생은 피카소 등 입체파 시대의 몇 안 되는 여류 화가로 손꼽힌다. 그녀의 그림에는 깊이가 없다는 비평도 있으나 파스텔 같은 색조와 그림 주제, 마치 꿈을 꾸듯 아련한 눈매를 한 여인들의 모습은 보는 이를 감미롭게 만든다. 나는 여고생 시절, 이 심플하고 매혹적인 로랑생 그림의 색감을 특히 좋아했었다.

한 벌의 사랑을 껴입고 싶을 때마다 나는 미라보 다리를 떠올린다. 그리고 〈잊혀진 여인〉을 읊으며 잊히지 않는 사람이 되기를 꿈꾼다.

아메데오 모딜리아니
〈큰 모자를 쓴 잔느 에뷔테른〉
+
이승희
〈기린은 먼 곳에 산다〉

그리운
사람들은

먼 곳에
산다

기린은 먼 곳에 산다

이승희

울고 나면 친절해진다. 수건이 그랬고, 책상이 그랬다. 그렇게 좀 죽어도 괜찮다. 어떤 눈물이 반쯤 올라오다 멈추어 선 채 몇 개의 계절을 살더라도 그것은 아주 먼 고장에서는 눈이 내린다는 소식을 듣는 것과 같은 것. 질문과 대답이 그렇게 여러 해를 떠돌거든 여름을 기다리자. 그래도 여름이 돌아오지 않으면 기다리는 게 무엇인지 잊자. 되고 싶은 것 없이 너는 끝까지 너를 토하고 나는 나를 토하면 되는 일

네가 처음 그린 그림 같은 것. 눈동자도 없이 손가락도 없이 네가 되고 내가 되어 라라라 귓속으로 퍼지던 노래. 이제 기억나지 않아. 나의 눈물은 중력 밖의 이야기여서 끝내 사라지지 않는 것들이 생겨나지. 나는 아무 말도 할 수가 없어서 불구의 꿈은 자라고. 날마다 자라지. 어두운 저녁처럼 융성하지. 어떤 기억은 감옥을 만들고 감옥은 눈물이 되어 다시 눈동자 없는 얼굴이 되지. 내가 쓴 편지의 답장이 되는 너는

그리운 사람들은 모두 멀리 있다. 그 먼 곳을 바라보면 모딜리아니Amedeo Modigliani, 1884~1920 그림 속의 주인공처럼 목이 길어지고 눈동자 가득 울음이 어릴지 모른다. "울고 나면 친절해진다"는 시인의 말처럼 모딜리아니 그림들은 특유의 애수와 관능을 보여준다. 부드러우면서도 리드미컬한 선의 구성, 원시적 색감, 단순해서 더 우아한 그림 속 여인의 고혹적 분위기.
당대 풍운아였던 모딜리아니는 잘생긴 외모만큼 수많은 여인들과 염문에 휩싸였다. 하지만 그가 여인과 염문을 퍼뜨리는 데 그쳤다면 모딜리아니의 그림이 이토록 오래도록 우리를 사로잡지는 못했을 것이다. 모딜리아니는 수많은 여인과 연애를 했지만 최후의 약혼녀 잔느 에뷔테른만이 그의 영혼을 사로잡았다. 잔느의 수줍은 미소, 여리여리한 자태, 자신을 향한 지고지순한 사랑은 모딜리아니의 마

음을 빼앗았다. 잔느의 집에서는 평판이 좋지 않았던 모딜리아니를 반대했지만 둘은 반대를 무릅쓰고 곧바로 동거를 시작했다.
그러나 이 최후의 사랑이 비극으로 물드는 데는 그리 오랜 시간이 걸리지 않았다. 결핵을 앓아 온 모딜리아니는 건강을 회복하지 못한 채 잔느를 홀로 두고 숨을 거뒀다. 모딜리아니가 죽은 다음 날 잔느는 자신의 집 창문에서 뛰어내려 자살로 생을 마감했다. 그녀의 뱃속에는 8개월 된 태아가 있었다.
모딜리아니의 그림이 우리를 미묘한 아름다움에 빠뜨리는 데는 이 운명적인 사랑도 한몫하리라.

로렌스 앨머 태디마
〈더 이상 묻지 마세요〉
+
김소월
〈첫 치마〉

사랑,
그 앞에서
일시 정지

첫 치마

김소월

봄은 가나니 저문 날에,

꽃은 지나니 저문 봄에,

속없이 우나니, 지는 꽃을,

속없이 느끼나니 가는 봄을,

꽃지고 잎진 가지를 잡고

미친 듯 우나니, 집난이는

해 다지고 저문 봄에

허리에도 감은 첫 치마를

눈물로 함빡 쥐어짜며

속없이 우노나 지는 꽃을

속없이 느끼노나, 가는 봄

여인의 손가락에 입을 맞추는 남자, 고개를 돌린 채 남자의 입맞춤을 받고 있는 여인의 뺨이 유난히 붉다. 사랑에 빠진 남녀에게 서로의 표정, 몸짓, 목소리 등 사소한 모든 것은 '시그널'이 된다. 그 어느 때보다 상대를 섬세하게 '감각'하는 때도 바로 사랑에 빠진 순간이다. 이 넘치는 행복감 때문에 사람들은 지금 이대로 '일시 정지'를 외치고 싶어 한다.

사랑 앞에 '흐르는 시간'은 가는 봄을 바라보는 김소월[+]의 시처럼 안타깝고, 그래서 붙잡아 두고 싶은 무언가다. 하지만 결국 봄은 지나갈 게다. 무심히. 가슴이 터질 것 같은 봄이 지난 후에 뜨겁고 서늘하고 매서운, 우리를 더욱 성장시키는 계절이 온다.

화가 앨머 태디마Lawrence Alma Tadema, 1836~1912는 고전적인 아름다움을 꿈꾸었다. 고대의 주제들, 지중해 바다와 푸른 하늘, 토가를 입은 아름다운 여인, 고대 문명의 웅장함과 시간의 흔적들. 이 모든 것이 앨머 태디마에게는 영

+ 김억의 영향으로 문단에 등단하였고, 1922년에 《개벽》에 대표작 〈진달래꽃〉을 발표하였다. 민요적인 서정시를 썼으며 작품에 〈산유화〉, 〈접동새〉 따위가 있고 시집 《진달래꽃》, 《소월 시집》을 냈다.

감을 주는 소재였다. 비록 1800년대 후반, 한참 산업화가 진행되는 시기에 태어났지만, 앨머 태디마는 모더니즘의 열풍 속에서도 한결같이 고전미를 화폭에 담았고 마침내 사람들로부터 인정을 받았다. '대리석의 화가'라는 별명이 붙을 만큼 질감 묘사 능력이 탁월했던 앨머 태디마는 옛 신화 속에 나올 뻔한 인물들을 손에 잡힌 듯 생생하게 그렸다. 특히 그는 그림을 위해 이탈리아로 여행을 떠나, 로마와 폼페이의 고대 유적지를 꼼꼼히 답사하고 고증하는 치밀함을 보였다. 하지만 안타깝게도 그는 위궤양 치료를 위해 독일 비스바덴의 카이저 온천으로 여행을 가던 도중 갑작스럽게 세상을 떠났다.

구스타프 클림트
〈키스〉
+
최현우
〈키스〉

키스,
나보다 슬픈
당신이
녹는다

키스

최현우

검은 머리 노을에 익어 붉고
열매처럼 달아오른 흰 뺨

나보다 슬픈 당신이 녹는다
내 속에서 뜨겁게 녹는다
같은 피를 나눠 가지며
빛이 되어 부서지고 또 부풀어
우리 바깥이 모조리 캄캄해진다

생의 어두운 시간이
환한 빛으로 터질 때

그림자마다 꽃이 핀다
모두 당신이었다

키스를 나누는 두 사람은 서로에게 빠져 있고 취해 있다. 클림트Gustav Klimt, 1862~1918의 그림을 보는 이들도 사랑의 기운에 취한다. 나 역시 다시 한 번 사랑에 푹 빠져보고 싶다. 지금 저 연인은 오직 서로에게만 감각이 열려 세상 그 어떤 소음도 저 둘의 귀에 들리지는 않으리라. 모든 혼잡을, 소란을 뒤로한 채 다만 우주의 인형처럼 꽃과 별들에 둘러싸여, 생애 단 한 번의 황홀한 입맞춤을 나눈다는 것. 이처럼 아름다운 순간이 또 있을까?

〈키스〉는 클림트가 작품에 금박과 금색 물감을 자주 사용하였던 '황금 시기'의 대표작이다. 클림트의 그림에서 볼 수 있는 정교한 장식성은 비잔틴이나 자포니즘Japonism•의 영향

• 19세기 중반부터 20세기 초까지 서양 미술 전반에 나타난 일본 미술의 영향과 일본풍을 즐기고 선호하는 현상을 일컫는 말. 서양인들이 일본 미술에 관심을 갖게 된 것은 일본이 1854년 문호를 개방하면서부터다. 특히 일본의 도자기와 차(茶), 부채, 우키요에 등이 소개되면서 일본 예술에 대한 뜨거운 관심이 쏟아졌다. 19세기 말 유럽의 화가들 가운데 일본 미술의 영향을 받지 않은 사람을 꼽기 어려울 정도였다.

을 보여 준다.

최현우 시인은 절제된 언어로 키스의 감각을 섬세하게 표현했다. 나보다 슬픈 당신이 내 속에서 녹고, 그리하여 모두 당신으로 가득 차는 황홀을 매력적으로 담아냈다.

제임스 티소
〈홀아비〉
+
로버트 헤이든
〈그 겨울의 일요일들〉

아버지,
그

외로운
사명

그 겨울의 일요일들

로버트 헤이든

아버지는 일요일에도 일찍 일어나

검푸른 추위 속에 옷을 입고

날마다 모진 날씨에 일하느라

갈라져 쑤시는 손으로

재 속에서 불씨를 찾아 살려 놓았다

하지만 아무도 고마워하지 않았다

잠에서 깨면 추위가 바스러지는 소리가 들렸다

방이 따뜻해진 뒤에야 아버지는 우리를 부르셨고

그제야 나는 느릿느릿 일어나 옷을 주워 입고
오랜 시간 쌓인 집안의 분노가 두려워
아버지에게 건성으로 말을 건네곤 했다
추위를 녹여 주고 내 신발까지
닦아 놓은 아버지에게 말이다
내가 그때 어찌, 어찌 알았을 것인가
사랑의 엄숙하고 외로운 사명을

화가 제임스 티소James Tissot, 1836~1902는 현대에 들어 미술사적 가치를 재평가 받은 사람이다. 그의 그림은 특히 19세기 유럽복식사에 중요한 연구대상이 되고 있다. 하지만 이 책에서 다룰 티소의 그림은, 화려한 상류사회의 모습을 담은 작품들이 아니라 어딘가 쓸쓸해 보이는, 홀아버지의 모습이다.
그림의 내막은 이렇다. 티소에게는 사랑하는 연인 캐슬린 뉴튼이 있었는데, 그녀는 결핵을 앓다가 28세에 스스로 삶을 마감했다. 예술적 뮤즈였던 연인을 잃고 티소는 파리로 돌아왔다. 이전까지만 해도 티소의 그림은 사교계 여인들의 패션을 정확한 묘사와 신비한 색조로 표현해 사람들의 이목을 끌었고, 부와 명성도 누렸다. 하지만 연인을 잃은 후 그의 그림은 방향을 틀었고, 그는 종교화에 몰두하였다. 그는 평생 캐슬린을 그리워했다. 〈홀아비〉는 캐슬린이 죽은 후 누구와도 결혼하지 않은 채 몇 년간 캐슬린의 아이들을 홀로 키운 자신의 모습을 담은 작품이지 않을까, 추측해 본다.
아버지가 "사랑의 엄숙하고 외로운 사명"을 묵묵히 행하듯 그림 속 남자 역시 그랬을 것이다. 시인 로버트 헤이든 또한 두 살 때 부모의 이혼으로 입양되었지만 그는 새 부모의 사랑을 통해 문학에 눈을 떴고 서정이 넘치는 따뜻한 시를 썼다.

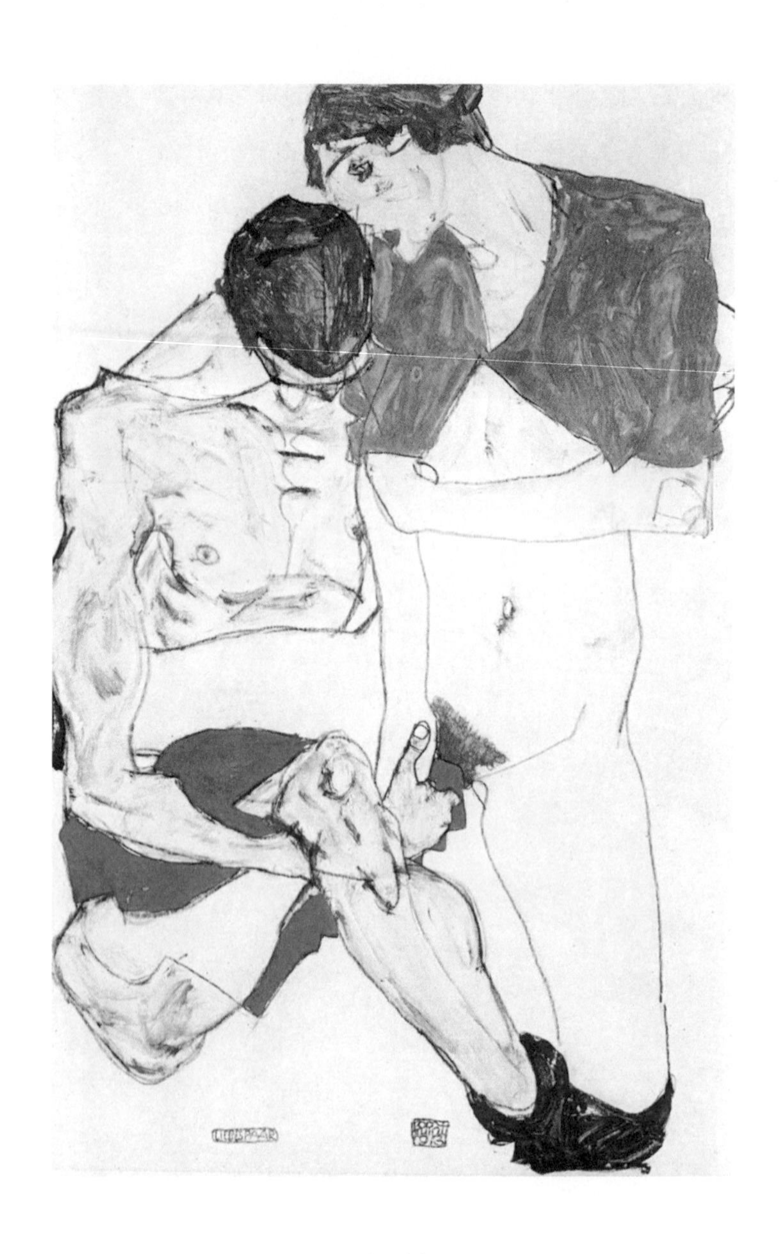

에곤 실레
〈한 쌍의 연인〉
+
신현림
〈양말 한 마리〉

흘러내리는
것은

다 슬프고
이쁘죠

양말 한 마리

신현림

당신이 선물 준 양말을 버릴 수가 없어

해진 곳을 기워 가니 비단길처럼 아름다워요

한 땀 한 땀 기울 때마다

돈황 가는 길목

명사산 모래소리가 흘러내려요

사르락 사르락

흘러내리는 것은 다 슬프고 이쁘죠

모래언덕, 폭포, 소나기, 철길, 나무뿌리,
나를 위해 흘러내릴 당신 몸소리까지요
무어든 흘러내리면 어딘가로 가잖아요
무언가 바뀌잖아요
답답한 자신에게 흘러나가
점. 점. 점

북쪽과 남쪽을 하나로 기우고
다른 나와 다른 너를
끊어진 다리와 다리를 하나로 기워
버릴 수 없이 불쌍히 여기는 일

가엾이 여기는 사랑 끝에서 날개가 자라고
우리는 서로 버리지 못할 양말이 되어
붉은 저녁 하늘을 맘껏 날으며 흘러내려요

'당신을 영원히 사랑해요. 더욱 더 무한히 그리고 헤아릴 수 없이 당신을 사랑해요.'
에곤 실레Egon Schiele, 1890~1918의 아내가 죽어 가며 실레에게 남긴 감동적인 유언이다. 때는 인류 최대의 재앙이라 불리는 스페인 독감이 유럽 전역을 덮쳤던 시기. 수백만 명의 사람들이 목숨을 잃었고 실레의 아내도 이 재앙의 손아귀에서 빠져나오지 못했다. 그녀는 마지막 힘을 다해 메모지에 사랑의 인사를 남겼다. 아내와 아내의 뱃속 아기를 잃은 후 실레도 3일 후 같은 스페인 독감을 앓다 죽고 말았다.

내가 에곤 실레의 작품을 처음 본 것은 스무 살 무렵이었다. 자신감 넘치고 여리면서도 에로틱한 필선은 나를 단숨에 사로잡았다. 실레는 이미 22살 때 자기 스타일을 분명히 개척한 역량 많은 화가였다. 그런 에곤 실레를 일찍이 알아본 구스타프 클림트는 실레를 후원했고, 실레는 클림트의 표현주의적 선을 자기 식으로 더욱 발전시켜 훨씬 힘차게 표현했으며 두려움에 떠는 사람의 몸을 우수에 찬 이미지로 그렸다.

함께 읽는 시로 나의 시 〈양말 한 마리〉를 놓는다. 양말과 새, 사람의 이미지를 병치시켜, 어긋나고 합쳐지는 사랑의 속성을 표현했다. 서로를 가엾이 여기는 연민이 그 어느 때보다도 소중한 때다. 사랑하기 힘들다면 불쌍히라도 여기는 연민을 되찾으면 세상의 많은 불행을 줄일 수 있으리라.

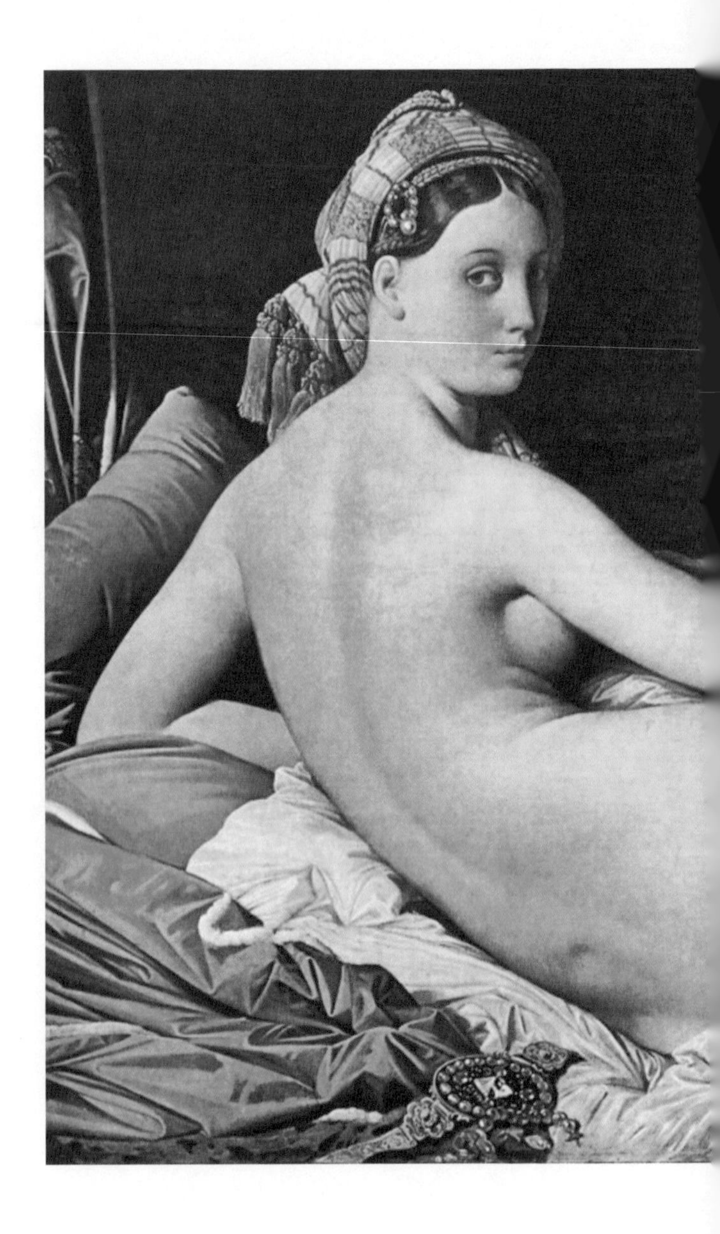

장 오귀스트 도미니크 앵그르
〈그랑드 오달리스크〉
+
파블로 네루다
〈여인의 육체〉

I A INGRES

나는
그대의 매력에
매달릴
것이다

여인의 육체

파블로 네루다

여인의 육체, 새하얀 언덕과 새하얀 허벅지
알몸을 내맡길 때 그대는 어김없이 하나의 우주
나의 우악스런 농부의 몸이 그대를 파헤쳐
대지의 밑바닥에서 아이가 튀어나오게 한다

나는 터널처럼 외로웠다.
새들은 내 곁에서 날아가 버렸고,
밤은 맹렬한 기세로 내 안으로 파고들었다

살아남기 위해 나는 그대를 무기처럼
다듬었다, 내 활의 화살처럼, 내 투석기의 돌처럼

그러나 복수의 시각은 닥치고, 나는 그대를 사랑한다
알몸, 이끼 낀 몸을, 탐욕스럽고 한결같은 젖가슴을
아, 가슴팍의 술잔이여! 초점 없는 눈이여!
아, 은밀한 곳의 장미여! 느릿느릿 시름에 겨운 목소리여!

내 여인의 육체, 나는 그대의 매력에 매달릴 것이다
나의 갈증, 끝없는 갈망, 가늠할 수 없는 나의 길이여!

내 여인의 육체, 나는 그대의 매력에 매달릴 것이다
나의 갈증, 끝없는 갈망, 가늠할 수 없는 나의 길이여!

영원히 갈증이 흐르고, 권태가 흐르고
끝없는 고통이 흐르는 컴컴한 강바닥

쿠션에 몸을 뉘인 채 그림을 그리는 이를 바라보는 벌거벗은 여인. 매끈한 대리석 조각을 떠올리게 하는, 강물처럼 부드러운 곡선의 나신은 보는 이의 눈을 사로잡는다. 프랑스 고전주의 화가 앵그르Jean Auguste Dominique Ingres, 1780~1867가 그린 〈그랑드 오달리스크〉. 이 매혹적인 그림 속 여인은 누구일까?

아쉽게도 이 작품은 주인공을 알 수 없다. 여인의 이름도 정체도 알 수 없다. '오달리스크'는 여인의 이름이 아니라 오스만투르크 제국의 궁중 시녀 '오달릭odalik'을 프랑스어 식으로 읽은 것뿐이기 때문이다.

19세기 유럽인들에게 당시 궁중 시녀 오달릭은 이슬람 세계에 대한 판타지를 극대화하는 대상이었다. 기독교 전통에 따라 금욕과 청빈을 실천하며 욕망을 눌러야 했던 유럽들에게 이슬람 궁중의 은밀한 사생활은 금기여서 더 말초신경을 자극하는 유혹의 대상이었다.

여인의 육체를 그 누구보다 멋지게 표현한 시인 파블로 네루다의 시를 함께 곁들인다. 칠레의 국민시인이자 노벨문학상 수상자이기도 한 네루다의 시가 그림 속 오달릭과 어울려 독특한 정취를 자아낸다.

"내 여인의 육체, 나는 그대의 매력에 매달릴 것이다/ 나의 갈증, 끝없는 갈망, 가늠할 수 없는 나의 길이여!"라는 네루다의 시 구절처럼 유럽인들이 동경하고 그 매력에 심취한 오리엔탈리즘은 앵그르의 손에서 가장 아름답고 세련되게 피어났다.

✦ 고대 그리스, 로마의 예술 사조인 절제와 균형, 질서와 인본주의를 지향한 예술 경향으로 특히 17, 18세기에 걸쳐 유럽에서 이러한 움직임이 일어났다.

이 그림은 현대미술에서 모나리자, 비너스와 함께 가장 많이 패러디되는 작품이기도 하다.

라파엘로 산치오
〈의자의 성모〉
+
윌리엄 블레이크
〈아기의 기쁨〉

달콤한
기쁨,

네게
있어라

아기의 기쁨

윌리엄 블레이크

"전 이름이 없어요,
태어난 지 이틀밖에 안 됐거든요"
너를 무어라고 부를까?
"나는 행복이어요,
기쁨이 제 이름이랍니다"
달콤한 기쁨 네게 있어라!

어여쁜 기쁨아!

달콤한 기쁨, 이틀박이야
나는 너를 달콤한 기쁨이라 부르겠어
웃음을 지어보렴
그동안 난 노래 불러 줄 터이니
달콤한 기쁨 네게 있거라

아이의 수정처럼 맑고 아름다운 눈망울을 보면, 사람은 다시 태어난다. 순수한 희열감에 젖는다. 영국의 시인이자 그 자신도 화가였던 윌리엄 블레이크의 시 〈아기의 기쁨〉 속에는 이 순전한 기쁨과 신비가 잘 담겨 있다.

아기 예수를 꼭 끌어안은 성모의 모습은 평화롭고 아름답다. 레오나르도 다빈치, 미켈란젤로와 함께 르네상스 3대 거장이라 불리는 이탈리아 화가, 라파엘로Raffaello Sanzio, 1483~1520. 그는 여러 성모자 그림을 그렸지만 〈의자의 성모〉는 그중에서도 단연 최고의 인기를 누리며 찬사를 받았다. 이 작품은 라파엘로가 로마에서 명성을 날리던 1513년경에 제작한 것인데, 라파엘로 초기 작품의 특색이 고스란히 드러난다.

특히 딱딱한 사각형 액자에서 벗어나 둥근 액자 안에 성모자와 아기 요한의 모습을 멋지게 조화시켰다. 아기 예수가 입고 있는 황금빛 의상과 성모의 붉은색 옷, 초록색 숄은 화면 전체에 활력을 불어

넣는다.

그러나 민중이 사랑한 천재 화가 라파엘로는 불행히도 서른일곱 살에 숨을 거뒀다. 그는 화려한 장례 뒤 자신의 생전 소원대로 로마의 신전 판테온에 묻혔다.

4

고독에 관하여

‘고독’이라는

아름다운
재료

조르주 루오
〈미제레레〉
+
박성현
〈간절〉

고뇌로
빚은 내면은
울림이
크다

간절

박성현

하도 시커먼 얼굴이라 지붕이라도 무너진 줄 알았어요 판자 몇 개 덧대 맞붙였지만 폭우라도 끄떡없단다 비둘기 몇 마리만 내려앉아도 주저앉을 텐데요 네 어깨의 힘을 믿어 보렴 바람처럼 가볍게 몸을 날릴 수 있잖니 두 손으로 눈을 가려도 아버지의 거친 숨소리는 그치지 않았다 늘어진 소매를 걷어 올리고 비가 새지 않도록 못질을 했다 하도 시커매 눈썹조차 보이지 않는 대낮이었어요 어디에 내려앉을지 몰라 우두커니 마음만 뒤척이는데, 다 쓰러진 담장 밑에 민들레가 하염없이 피어 있는 거예요 태양보다 환하게 불을 켠 채 힘차게 두근거렸어요. 먹빛으로 단단히 여문 구름이 두꺼운 지느러미를 세운 저녁, 바람은 담장 밑에서 솟구쳐 오르기 시작했다

20세기 유일한 종교화가이자 마티스와 피카소를 잇는 프랑스 출신의 세계적 거장 조르주 루오Georges Henri Rouault, 1871~1958. 그의 그림에서는 인생의 시련을 이겨 낸 자의 단단한 힘이 느껴진다. 불안을 잠재우고 슬픔을 다독이는 그 내공은 세속을 넘어 신성함에 가 닿을 때 나오는 힘일 게다.
궁핍한 유년 시절을 보낸 조르주 루오는 열네 살 무렵부터 기울어 가는 집안을 돕기 위해 생계에 뛰어들었다. 낮에는 성당 창문을 장식하는 스테인드글라스 공방에 취직해 유리공예 작업을 했고 밤에는 미술학교를 다니며 그림에 전념했다. 힘겨운 노동을 견디게 해 준 것은 역시 신앙이었다.
"나는 손으로 만질 수 있는 것도, 눈으로 볼 수 있는 것도 믿지 않는다. 내가 믿는 것은 다만 눈에 보이지 않는 것, 즉 느낄 수 있는 것뿐이다"
루오는 그림 안에 신성을 담고 싶어 했고 마침내 그것을 담아냈다. 고뇌로 빚은 내면, 오랜 성찰 끝에 얻은 깨달음은 붓 터치 하나하나마다 드러났다. 그는 검고 굵은 선을 즐겨 그렸는데, 두터운 외곽선에 겹쳐 칠한 물감은 중후한 마티에르를 보여 주며 종교적 분위기를

한층 고조시킨다. 루오의 그림에는 광대, 창부 등 밑바닥 인생을 사는 인간에서부터 왕과 예수에 이르기까지 신분의 귀천을 넘어 인간 자체에 대한 따뜻한 시선을 느낄 수 있는 작품들이 많다.

그가 1958년 숨을 거뒀을 때 프랑스는 그의 장례식을 국장으로 치렀다. 프랑스 국민들이 그를 얼마나 아꼈는지 알 수 있는 대목이다

박성현 시인은 아버지와 아들의 관계에서 루오의 신을 향한 고뇌를 포착해 섬세한 언어로 담아냈다.

팔대산인
〈팔팔조도〉
+
도연명
〈음주〉

마음이

먼 곳에

있으니

음주

도연명

마음이 먼 곳에 있으니

마을에 여막 짓고 살아도

거마車馬의 시끄러움 없네

그대에게 묻노니 어찌 그럴 수 있는가

마음이 먼 곳에 있으니 사는 곳이 절로 외지다오

동쪽 울타리 아래서 국화를 따며

멀리 남산을 보네

산기운은 석양에 아름다워

나는 새들도 서로 더불어 돌아오네
이 모습에 삶의 참뜻이 있으니
말해 주고 싶어도 문득 할 말을 잊네

절대적 고독. '고독'이란 단어를 이보다 절절히 표현한 그림이 또 있을까. 고개를 가슴 깊이 묻고 한 발로 오롯이 제 체중을 버티며 서 있는 까마귀. 긴 목도리를 질끈 맨 듯 간결하고 대담한 붓 터치는 신선하면서도 거침없다. 고개를 움츠린 새의 모습에서 외로움 가득한 자신을 감싸 안고 안간힘 쓰는 모습이 엿보인다. 어딘가 우리를 닮았다.

도연명陶淵明, 365~427의 시처럼 마음이 먼 곳에 있으면 사는 곳이 절로 외로울 수밖에 없다. 인파로 북적이는 혼잡한 도시 속에서 내 마음이 혼자 먼곳에 있다면, 그곳이 섬이 아니고 무엇일까. 허나 이런 외로움도 무언가를 갈망하는 자에게는 힘이 될 때도 있다.

화가 팔대산인八大山人, 1624~1703은 어땠을까.

중국 청나라 시대에 태어난 팔대산인은 명나라 왕실의 후손이었다. 명나라가 청나라에 망하고 그는 청나라의 눈을 피해 산천을 유랑하며 반쯤 정신을 놓고 살았다. 나라 잃은 왕실의 후손. 그 치욕을 그나마 버티며 살게 해 준 건 그림이었다.

그의 괴이하고 불우한 삶의 이력을 두고 누군가는 '중국의 고흐'라 부르지만, 그는 그냥 그일 뿐이다.

팔대산인이 붓을 잡은 건 60세에 이르러서다. 붓을 잡은 지 10년 만인 70세가 돼서야 그는 걸작을 남겼다.

정신 차리고 뭘 해도 늦은 나이란 없다.

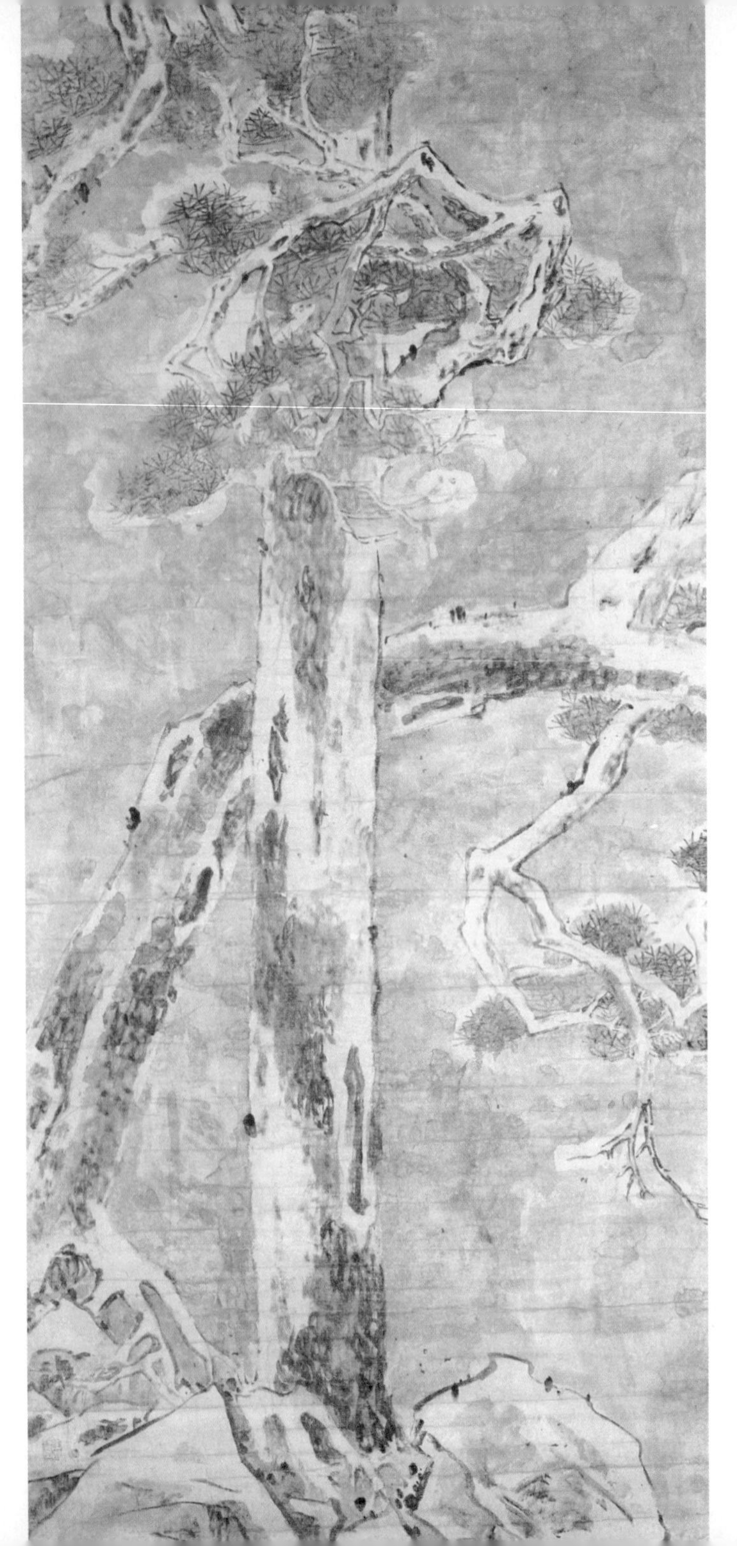

이인상
〈설송도〉
+
장석주
〈수그리다〉

수그리는
것들
속에서

수그리다

장석주

바람 섞여 진눈깨비 치는 저녁,

흘러나온 불빛이

코뚜레 뚫은 송아지처럼 길게길게 운다

길 나서지 못한 사람 살고 있다고

가는 저녁 다시 못 온다고,

다정한 몸 속으로

울음이 뭉툭하게 밀려든다

저녁마다 밀려오고 밀려나가는 것들 속에서
무릎 아래 그림자 키우는
누군가의 재개봉영화 같은 생이 밀려간다

누군가 어둠 쪽으로 몸 돌려
꽃피는 머리를 수그린다

눈이 휘날리고, 울음이 밀려드는 저녁이 눈앞에 그려진다. 불빛이 송아지 울음 같다는 장석주 시인의 빛나는 비유가 길게 퍼져갈 때, 꽃피는 머리를 수그리는 것들 속에 소나무가 보인다.
진눈깨비 휘날릴수록 서럽도록 하얘지는 이인상李麟祥, 1710~1760의 〈설송도〉를 가슴에 안는다. 이 그림은 300년 전의 그림이 아니라 지금 이 시대 그려진 듯 현대적이다.
담백하고 격조 있는 문인화를 그린 조선 후기의 화가 이인상은 명문가의 자손이었으나 증조부가 서얼인 탓에 직계 신분이 하락해 버렸다. 비록 신분은 서얼 출신이었지만 옳지 않다고 생각하는 일은 거들떠보지도 않을 만큼 그 누구보다 청렴했고 고고했다. 전해지는 작품은 많지 않으나 모든 작품이 고른 격조를 갖춰 그의 인품과 의기를 잘 드러내고 있다.
〈설송도〉는 흰 눈이 소복하게 쌓인 송림 어딘가의 풍경을 채색은 거의 하지 않은 채 오직 엷은 묵선으로 담담하게 그렸다. 조선 시대 문인들이 추구한 정신세계의 진면목을 엿볼 수 있는 작품이다.

피에르 보나르
〈미모사와 여인〉
+
이해인
〈아픈 날의 일기〉

아픈 날의 일기

이해인

내 몸속에 들어간
독한 약들이
길을 못 찾고
헤매는 동안
나는 아프고

내 혼 속에 들어간
이웃의 어떤 말들이

길을 못 찾고
헤매는 동안
나는 슬프고

아프다고 말해도
정성껏 듣지 않고
그저 건성으로
위로하는 이들 때문에
나는 한 번 더 아프고

아프면서
배우는 눈물의 시간들
그래서 인생은
고통의 학교라고 했나보다

지그시 눈을 내리깔고 무언가를 바라보고 있는 여인. 꽃병에 꽂힌 꽃들은 생기라곤 없이 축 처져 있다. 여인의 얼굴에서 묻어나는 건조한 공기. 이 무사무탈해 보이는 일상에 왠지 보이지 않는 균열이 숨어 있다 느끼는 건 내 예민한 기우일까.

그림에 더한 이해인 수녀의 시는 그 균열이 마침내 무너져 '고통'과

'시달림'으로 다가왔을 때, 어쩔 수 없이 약해지고 마는 우리네 마음결을 섬세하게 보여 준다. 시를 읽고 나니 그림 속 슬퍼 보이는 여인의 마음까지 살피게 된다. 타인의 아픔을 나의 일로 여기고 귀 기울여 본 적이 얼마나 됐던가.

화가 피에르 보나르Pierre Bonnard, 1867~1947는 강한 흑백면이 대조가 화풍을 이루던 시기, 그림에 중간색을 사용해 '중간색의 달인'이라는 평가까지 받았다. 선명한 원색 사이로 절제된 중간색은 색들의 부딪힘을 막고 그림을 한결 더 조화롭게 해 준다. 그래서 피에르 보나르의 그림을 보고 있노라면, 마치 한줄기 빛이 그림 속에 스며든 것처럼 온기가 느껴진다. 피에르 보나르는 프랑스 파리 근교에서 중산계급의 유복한 가정에서 자랐다. 대학에서 법학을 공부했지만 그림에 대한 열정 하나로 다시 아카데미 줄리앙에 들어가 그림 공부를 했다. 여기에서 모리스 드니를 만나 나비파+를 결성하고 신선한 색채와 장식화풍을 선보였다.

+ 19세기 말 고갱의 영향을 받아 모인 반인상주의 화가들의 그룹이다.

페르디낭 호들러
〈선택받은 자〉
+
게른하르트
〈아〉

죽음이
내
문 앞에서
노크하면

아

게른하르트

아, 마지막 시간에 나는
해야 할 일을 하고 있을게요
죽음이 내 문 앞에서 노크하면
민첩하게 "들어오세요" 하고 말할게요

무슨 일로 시작할까? 죽는 일로?
이제껏 한 번도 해 본 적 없지만
아이 안고 흔드는 쉬운 일일 테지요

그렇겠지요, 웃기는 일이지

그따위 모래시계 무척 흥미로워요
그래, 그걸 기꺼이 꼭 붙잡고 싶어요
아, 그건 당신의 큰 낫인가요?
그게 정말 나를 휴식하게 할까요?

이제 나는 어느 방향으로 몸 돌릴까요?
왼쪽으로? 당신 쪽에서 바라봤을 때?
아, 내 쪽에서! 무덤까지 향해서?
그러면 어떻게 계속 진행될까요?

그래, 시계는 이제 멎었어요
당신 시간을 뒤로 돌리고 싶으세요?
이제 그걸 어디서 구입할 수 있어요?
떨어져 나간 한 부분을

내가 말하고자 하는 것은
사람들이 모든 나날을 발견하지 않으면
아! 더 이상 말하지 말아야 한다는 사실?

잘 될 거예요! 다행히 살아 있잖아요

그림 속 아이는 마치 돌맹이처럼 앉아 있다. 천사들은 아이를 지켜주듯 빙 둘러싸고 있다. 힘 있고 날카로운 윤곽선, 선명한 색채를 바탕으로 다소 철학적 작품세계를 보여 준 페르디낭 호들러 Ferdinand Hodler, 1853~1918. 성서의 한 장면을 그려 놓은 듯한 이 따뜻한 기운의 그림은 사실 내막을 알고 나면 그림 앞에 간단한 마음이 되지 않는다.

호들러는 어린 나이에 여섯 명의 형제를 모두 잃었고 어머니까지 여의어 고아로 자랐다. 그림 속 여섯 천사는 일찍 세상을 떠난 자신의 형제들이었다. 그는 형제들을 '선택받은 자'라고 표현했다. 호들러의 생애에 깃든 죽음은 이것이 다가 아니었다. 그의 연인이었던 고데 다렐 부인은 호들러의 딸을 낳은 후 암에 걸려 숨을 거뒀다.

삶이란 죽음과 등을 맞대고 붙어 있는 것임을 깨달았다. 그에겐 유독 잔인한 방식으로 찾아온 이 깨달음은 그를 사색의 세계로 이끌었다.

그는 그림을 그리는 것이 그저 풍경을 화폭에 옮기는 것이 아닌 그 이상의 것, 즉 사유를 보여 줘야 한다는 신념을 가졌다. 그의 그림 속에는 인간이나 세속, 역사와 자연의 본질을 찾아내려고 힘쓴 흔적이 역력하다. 그림을 철학의 무기로 삼은 셈이었다.

빈센트 반 고흐
〈자고새가 있는 밀밭〉
+
윤후명
〈자고새〉

자고새

윤후명

마을을 벗어나 흙길을 간다

자고새는 어디 숨었는가

돌담 안 묘지에 누워 있는 고흐 그 옆에는 테오

새 소리에 귀를 기울이고 있다

자른 귀를 들고 있는 고흐는 아직도 밀밭을 가며

긴 편지 구절마다

굽이치는 빛 사이로 새를 바라본다

그러나 내게서 새는 어디로 가고

나는 어디론가 영원히 떠나온 듯하다
여기 누구 아무도 없느냐고
오베르쉬르 우아즈의 교회 그늘에 입 맞추면
마을의 저녁 불빛이
멀리 자고새처럼 밀밭 위에 홀로 뜬다

이토록 쓸쓸한 그림이 다 있을까, 하고 나는 천천히 되뇌었다. 황량한 빈 터, 밀밭 위로 한 마리 새가 날아드는 풍경. 덥수룩한 수염을 하고는 빠르게 붓질하는 고흐의 손이 떠올랐다. 바람소리를 들으며 휘트먼의 시를 읽고 다시 자신의 작업에 빠져드는 모습. 마음속에선 고독과의 엄청난 싸움이 벌어졌으리라. 문득 칼 샌드버그가 한 말이 햇빛 속에서 반짝인다. "우리에게 가장 필요한 일 가운데 하나는 창조적인 고독을 발견하는 것이다"
외로움은 모든 생명체에게 주어진 숙명이다. 이 외로움을 힘겨워만 하면 세월은 뭉텅뭉텅 흘러가 버린다. 나와 마주한 외로움을 온전히 받아들여 창조적인 힘으로 바꿀 수 있다면 얼마나 좋은가. 그러나 창조적인 고독도 곁에 아무도 없이는 병들고 만다. 기꺼이 고독 속에서 살기 원했던 독일의 철학자 니체가 고독 때문에 죽었듯이, 고독이란 무기는 잘못 다루거나 사랑 없이는 정신 건강을 해치고야 만다.
고흐는 밤낮으로 어떤 방법으로 그림을 그릴까 연구했다. 늘 그림의 소재를 찾았고, 어느 순간 상상력이 폭발하면 그냥 몸에 맡겨 그림을 그렸다. 〈자고새가 있는 밀밭〉이라는 작품을 그릴 때, 고흐는 더없이 외롭고 불안했다. 이 그림에는 가눌 수 없이 약해진 고흐의 심정이 담겨 있다.

소설가이자 시인, 화가인 윤후명의 시 〈자고새〉를 보며 '이것이 인생이다'란 읊조림이 나지막하게 터져 나왔다. 영원히 어디론가 떠나왔고 떠도는 삶이 자고새의 것이라면, 우리 삶도 마찬가지일 것이다. 그럼에도 불구하고 우리는 외로움에 사무치는 순간이 와도 나만 알고 가는 삶이 아니라 누군가를 일으켜 세우는, 따스하게 손 잡아주는 사람으로 살다 가야 한다. 고흐도 그런 삶을 살려고 몸부림쳤듯이.

박수근
〈빨래터〉
+
김혜순
〈납작납작〉

세상이
납작납작

사람들이
납작납작

납작납작

- 박수근 화법을 위하여

김혜순

드문드문 세상을 끊어 내어

한 며칠 눌렀다가

벽에 걸어 놓고 바라본다

흰 하늘과 쭈그린 아낙네 둘이

벽 위에 납작하게 뻗어 있다

가끔 심심하면

여편네와 아이들도

한 며칠 눌렀다가 벽에 붙여 놓고
하나님 보시기 어떻습니까?
조심스레 물어본다

발바닥도 없이 서성서성
입술도 없이 슬그머니
표정도 없이 슬그머니
그렇게 웃고 나서
피도 눈물도 없이 바짝 마르기
그리곤 드디어 납작해진
천지만물을 한 줄에 꿰어 놓고
가이없이 한없이 펄렁펄렁
하나님, 보시기 마땅합니까?

점점 굽어지고 흙과 가까워져 가는 몸, 가장 낮은 자세로서의 "납작 납작"이란 말이 신선하다. 김혜순 시인의 데뷔작인 〈납작 납작〉은 제목만으로 화가 박수근朴壽根, 1914~1965 작품의 개성을 잘 드러냈다. 단순한 선과 구도, 납작납작 눌러 그린 듯한, 그래서 화강암 같고 돌장승과도 같은 질감의 박수근 작품은 우리네 정서를 잘 보여 준다.

조선의 화가 김홍도가 당대의 삶을 풍속화로 남겼듯 박수근도 당대 서민들의 삶을 따뜻한 시선으로 화폭에 담았는데, 그가 담은 시절은 말로 다할 수 없을 만큼 곤궁한 때였다.
일제강점기에 태어나 해방과 함께 곧바로 한국전쟁을 겪은 박수근은 전쟁이 남긴 참상과 폐허, 그 안에서도 어떻게든 꾸역꾸역 삶을 꾸려가는 서민들의 모습을 그림으로 그리기 시작했다. 평생을 가난과 싸웠지만 그가 꿈꾼, 내용과 형식이 혼곤하게 섞여 인간의 선함과 진실함을 담아야 한다는 예술관은 오롯이 작품 안에 살아 숨쉰다.
우리 민족의 정서와 심성이 가장 잘 드러난, 한국의 값진 유산이라 할 만하다.

이중섭
〈흰 소〉
+
박찬세
〈흰 소〉

우직하게
지경을

넓히는
소처럼

흰 소

박찬세

남자는 뼈가 드러난 산을 오래도록 보고 있었다
지친 소가 화포 속으로 걸어 들어올 때까지
소의 긴 울음이 산을 휘돌아 붓을 세울 때까지
어디 하나 상처가 아닌 곳이 없는
갈아엎어 놓은 땅 희끗희끗 뼈들이
흙냄새를 풍기고 있었다
남자는 잃어버린 것들에 대해 생각했다
남자는 붓을 들어 소를 쓰다듬기 시작했다

붓이 닿는 곳마다 남자의 거친 숨소리가 산맥으로 일어서고
헐거워진 뼈들이 단단해져 갔다
또 한 번의 긴 울음이 산을 휘돌고 있었다
무덤같이 적막한 집으로 남자는 걸어 들어갔다
눈이 내리면
소들이 백두대간을 타고
북으로 북으로 내달리는 소리가 들렸다

19세기 한국에 온 외국인들은 흰옷을 즐겨 입는 조선 민중들의 모습을 보고 강한 인상을 받았다. 그래서 우리 민족을 '백의 민족'이라 불렀다. 그만큼 우리 조상들은 흰옷을 유난히 좋아했다. 물론 흰옷을 입지 못하게 한 시절도 있었다. 특히 일제강점기 때는 민족말살정책의 하나로 흰옷 입기 금지령이 내려졌다.
일제강점기 태어난 화가 이중섭李仲燮, 1916~1956은 우리 땅을 짓밟고 우리 혼을 꺾는 제국주의에 맨발로 맞선 민초들을 흰 소로 표현했다.
한 발 한 발 우직하게 지경을 넓혀 가는 저 뚝심 있는 소처럼 민초는 결코 쉽게 뿌리 뽑히지 않는다.
이중섭은 가난과 외로움 속에서 40세에 요절했다. 그가 남긴 작품들은 전통과 현대를 잘 버무려 독창적이면서도 한국적인 세계를 이

렸다.

박찬세 시인은 상상력을 발휘해 이중섭 화가가 그림을 그리는 과정을 곁에서 관찰하듯 스케일 넘치고 호쾌하게 소묘했다.

이정
〈수향귀주〉
+
한용운
〈나룻배와 행인〉

당신을
신고

날마다
낡아 가는 일

나룻배와 행인

한용운

나는 나룻배

당신은 행인

당신은 흙발로 나를 짓밟습니다

나는 당신을 안고 물을 건너갑니다

나는 당신을 안으면 깊으나 옅으나 급한 여울이나 건너갑니다

만일 당신이 아니 오시면

나는 바람을 쐬고 눈비를 맞으며 밤에서 낮까지

당신을 기다리고 있습니다

당신은 물만 건너면 나를 돌아보지도 않고 가십니다그려
그러나 당신이 언제든지 오실 줄만은 알아요
나는 당신을 기다리면서 날마다 날마다 낡아갑니다
나는 나룻배
당신은 행인

강가에 혼자 배를 띄운 어부의 모습이 왜 이리 쓸쓸할까. 그 쓸쓸함은 또 왜 이다지 아름다운가. 이것이 삶이 아니었나. 왠지 손가락을 가까이 대기만 해도 훅, 하고 날아가 버릴 것 같다. 이 위태로움과 불안은 먹의 깊이로 균형을 이룬다.

그림 속 어부의 가슴에도 기다리는 사람이 있겠지. 누구에게나, 그것이 조국이든 사랑이든 날마다 무언가를 기다렸던 아픈 시절이 있을 테니 말이다. 그래서 민족시인 한용운+은 "나는 당신을 기다리면서 날마다 날마다 낡아갑니다"라고 노래했는지 모른다. 먼 옛날이거나 지금이거나 나중이거나 언제든 오실 줄 안다는 믿음 하나로 버티는 나날들……

+ 한국 현대시문학사의 거목으로 꼽히는 만해 한용운은 3·1운동 때 민족대표 33인 가운데 한 사람이자, '신간회' 중앙집행위원을 지낸 독립운동가이다. 일제 시대 때 시집《님의 침묵》을 출판하여 저항문학에 앞장섰다.《님의 침묵》은 심오한 불교적 사유를 녹이고 관념적이었던 철학과 사상을 정서화해 근현대시의 새로운 경지를 개척했다. 한용운은 출가와 투옥 등 파란만장한 삶을 살다 1944년 성북동에서 중풍으로 사망했다.

이 시대를 사는 나도 그 믿음 하나로 버티는지 모르겠다.

화원 출신인 이정李霆, 1541~1622은 임진왜란 때 적의 칼에 오른팔을 크게 다쳤다. 불편한 팔이었지만 그는 더욱 그림에 매진했다. 강한 필력과 조형감. 이정의 작품은 조선 수묵화의 최고라는 평을 듣는다.

오딜롱 르동
〈침묵하는 그리스도〉
+
이성복
〈오래 고통받는 사람은〉

오래
고통받는
사람은 알
것이다

오래 고통받는 사람은

이성복

오래 고통받는 사람은 알 것이다
지는 해의 힘없는 햇빛 한 가닥에도
날카로운 풀잎이 땅에 처지는 것을
그 살에 묻히는 소리 없는 괴로움을
제 입술로 핥아 주는 가녀린 풀잎
오래 고통받는 사람은 알 것이다
그토록 피해 다녔던 치욕이 빽빽한,
빽빽한 사랑이었음을

소리 없이 돌아온 부끄러운 이들의 손을 잡고
맞대인 이마에서 이는 따스한 불,
오래 고통받는 이여 네 가슴의 얼마간을
나는 덥힐 수 있으리라

가물던 땅에 오랜만에 단비가 내리면 공기도 다르고, 기분도 참 많이 다르다. 오래도록 힘들게 기다린 단비가 세상을 적시면 풍경도 어제와 사뭇 달라진다. 어쩌면 훌륭한 예술도 이와 같지 않을까.

내겐 르동Odilon Redon, 1840~1916의 그림이 그랬다. 바짝 마른 정신에 촉촉히 내리는 빗방울…….

깊은 밤, 쓸쓸하거나 죽음에 대한 생각으로 진지해질 때 신경은 온통 하나에 쏠리고 정신은 그 어느 때보다 또렷해진다. 그때 나는 내 영혼의 눈이 뜨이는 느낌을 받곤 했다. 아주 깊고 신비스런 이 경험. 모든 감각이 열릴 듯 야릇한 깊이를 가진 르동의 그림이 20대 무렵부터 마음에 들어온 것은 이 때문이리라.

르동은 인상파 화가들과 동시대를 살았다. 모네와 같은 해에 태어났지만 인상주의 화가들과는 관심사가 완전히 달랐다. 그는 눈에 보이는 실제 세계에 몰두하기보다 자신이 느끼는 서정의 세계를 파고들었다.

르동의 어린 시절은 외로웠다. 외로웠기에 음악을 좋아했고 데생을 그리며 스스로를 달랬다. 아버지의 강요로 치렀던 건축학교 시험에 떨어진 덕에 화가의 길을 걷게 되었다. 예술세계에서 큰 획을 그은 사람들은 대체로 외로움을 은총과 축복으로 바꾼 이들이다.

아이러니하게도 고통 속에 던져질 때 삶의 진실과 신앙의 신비를 맛보게 된다는 사실은 우리를 힘 빠지게 한다. 하지만 겨울 끝에 봄기운이 찾아오듯, 피고 지는 꽃 한 송이에 자연의 섭리가 깃들듯 사랑과 이별, 아픔과 고통 속에 인생의 신비는 제 얼굴을 드러낸다.

깊은 침묵과 외로움, 무의식과 맞닿아 있는 르동의 그림 〈침묵하는 그리스도〉. 르동은 그리스도와 부처의 모습을 그림으로 그렸는데, 종교의 교리와는 상관없이 르동 특유의 침묵과 내성, 내면의 신성을 그림 속에 녹였다. 그의 그림에는 고독과 단절에서 벗어나려는 무의식적 욕망이 담겨 있다.

함께 놓아 둔, 이성복 시인의 시 〈오래 고통받는 사람은〉은 시인이 고통스러운 시간 끝에 빚은 성찰을 우리 앞에 펼쳐 놓는다. 굳이 예수의 인생을 이야기하지 않아도 치욕이 빽빽한 사랑임을, 부끄러운 이들과의 이마 맞댐이 따스한 불을 지필 수 있음을 말해 주는 이 시는 르동 그림 특유의 깊은 서정과 아주 잘 어울린다.

5

위로에 관하여

위로는

쉽지
않다

전기
〈매화초옥도〉
+
백석
〈선우사〉

벗을
만나러
가는
길

선우사

백석

낡은 나조반에 흰밥도 가재미도 나도 나와 앉어서
쓸쓸한 저녁을 맞는다

흰밥과 가재미와 나는
우리들은 그 무슨 이야기라도 다 할 것 같다
우리들은 서로 미덥고 정답고 그리고 서로 좋구나

우리들은 맑은 물밑 해정한 모래톱에서 하구 긴 날을

모래알만 헤이며 잔뼈가 굵은 탓이다
바람 좋은 한 벌판에서 물닭이소리를 들으며
단이슬 먹고 나이 들은 탓이다
외따른 산골에서 소리개소리 배우며
다람쥐 동무하고 자라난 탓이다

우리는 모두 욕심이 없어 희여졌다
착하디 착해서 세괏은 가시 하나 손아귀 하나 없다
너무나 정갈해서 이렇게 파리했다

우리들은 가난해도 서럽지 않다
우리들은 외로워할 까닭도 없다
그리고 누구 하나 부럽지도 않다

흰밥과 가재미와 나는
우리들이 같이 있으면
세상 같은 건 밖에 나도 좋을 것 같다

옷깃을 단단히 여며야 하는 계절이 오면 내 가슴 속에 떠오르는 그림 한 장이 있으니 전기田琦, 1825~1854의 〈매화초옥도〉다.

부드러운 색감에 짜임새가 좋은 〈매화초옥도〉. 〈매화초옥도〉에 시인 백석* 의 시를 곁들이니 금상첨화다.

눈처럼 피어난 매화꽃 풍경도 아름답지만 아직은 쌀쌀한 초봄, 하얗게 눈 덮인 산 길을 헤치며 벗을 찾아가는 선비의 모습은 가슴 찡하도록 아름답다. 이 그림은 실제 초옥의 주인을 찾아가는 전기 자신의 이야기를 담았다. 그림 속 선비의 마음은 백석의 시처럼 가난해도 서럽지 않고 외로워할 까닭도 없는, 누구 하나 부럽지 않은 초연한 마음이지 않을까.

〈매화초옥도〉에는 춥고 가난하고 어려울수록 더욱 그리운 인간의 인정과 도리가 담겼다. 그림을 그린 전기는 추사 김정희의 가르침으로 글과 그림을 익혔다. 높은 문인화의 경지를 보여 준 화가로 평가받는데, 그의 나이 스물아홉 살에 요절하였다. 그림과 함께 시 쓰는 능력도 탁월했다니 그저 아깝다.

* 방언을 즐겨 쓰면서도 모더니즘풍의 세련된 언어 감각을 구사한 서정시를 발표해 한국 현대 시문학사에 한 획을 그은 시인. 해방 뒤 고향 정주로 돌아왔지만 남북 분단을 맞았다. 북한에서 꾸준히 시를 발표한 것으로 추정하며 1995년 84세의 나이로 사망했다고 전한다.

카스파르 다비트 프리드리히
〈안개 바다 위의 방랑자〉
+
사디
〈슬퍼하지 마라〉

위로는
쉽지
않으니까

슬퍼하지 마라

사디

만사가 안 된다고 걱정하거나 마음 상하지 마라
생명수는 어둠 속에 있으니
형제들이여, 가난을 슬퍼하지 마라
역경 속에 기쁨이 숨겨져 있으니
세월의 모순된 변화에 슬퍼하지 말고 참아라
쓰디쓴 날 뒤에 반드시 다디단 날이 오리니

나도 믿는다. 쉰 해 넘게 살아 보니 그렇더라. 쓰디쓴 날

뒤에는 다디단 날도 찾아오고, 그칠 것 같지 않은 비가 문득 그치며, 높은 파도일수록 더 산산히 부서진다. 나는 늘 주기적으로 지금의 시간들을 긍정하고 '괜찮다' 다독이는 글들을 찾아 읽는다. 인생을 살면서 나 스스로 잊지 않았으면 하는 바람이고 내가 받은 위안을 누군가도 받았으면 해서다. 위로는 쉽지 않으니까.

페르시아의 대표적 시인이자 순례자인 사디는 이 쉽지 않은 위로를 담담하게 건넨다. '견뎌 보자'라는 말이 참 진부해진 시대이지만, 때로는 그 진부한 격려가 누군가의 마음을 어루만져 주기도 한다. 카스파르 다비트 프리드리히Caspar David Friedrich, 1774~1840의 그림 역시 그런 믿음을 북돋아 주는 것만 같아 힘이 난다.

장엄한 풍경. 그림의 중심에 서 있는 사람은 눈앞에 펼쳐진 대자연의 경이를 바라보고 있다. 자욱한 안개. 지팡이에 의지해 바위에 올라선 남자는 숨을 고르며 대자연이 겹겹이 숨겨 놓은 신비에서 겹겹의 인생들, 다른 이들의 삶을 본다.

19세기 독일 낭만주의의 선구자이자 뛰어난 풍경화가였던 프리드리히. 그의 유년 시절은 비극으로 가득했다. 어머니는 천연두에 걸려 죽고, 누이 역시 병에 걸려 죽었다. 특히 유년 시절 스케이트를 타다 얼음이 깨져 물에 빠졌을 때 그는 남동생이 익사하는 모습을 지켜봐야 했다. 그래서일까. 그가 그린 풍경은 우울한 분위기와 종교적 분위기가 짙은데, 또한 이것은 시대의 풍조이기도 했다. 그의 아버지는 엄격한 루터교 신앙인으로 비누나 양초를 만드는 일에 종사했으며 그는 스무 살에 코펜하겐 아카데미에서 미술 교육을 받았고, 드레스덴에 머물며 여생을 보냈다. 독일 낭만주의 운동의 중심지였던 드레스덴에서 프리드리히는 시인들과 사상가, 여러 화가들과 어울리며 풍경화를 통해 종교적 계시를 전달했다.

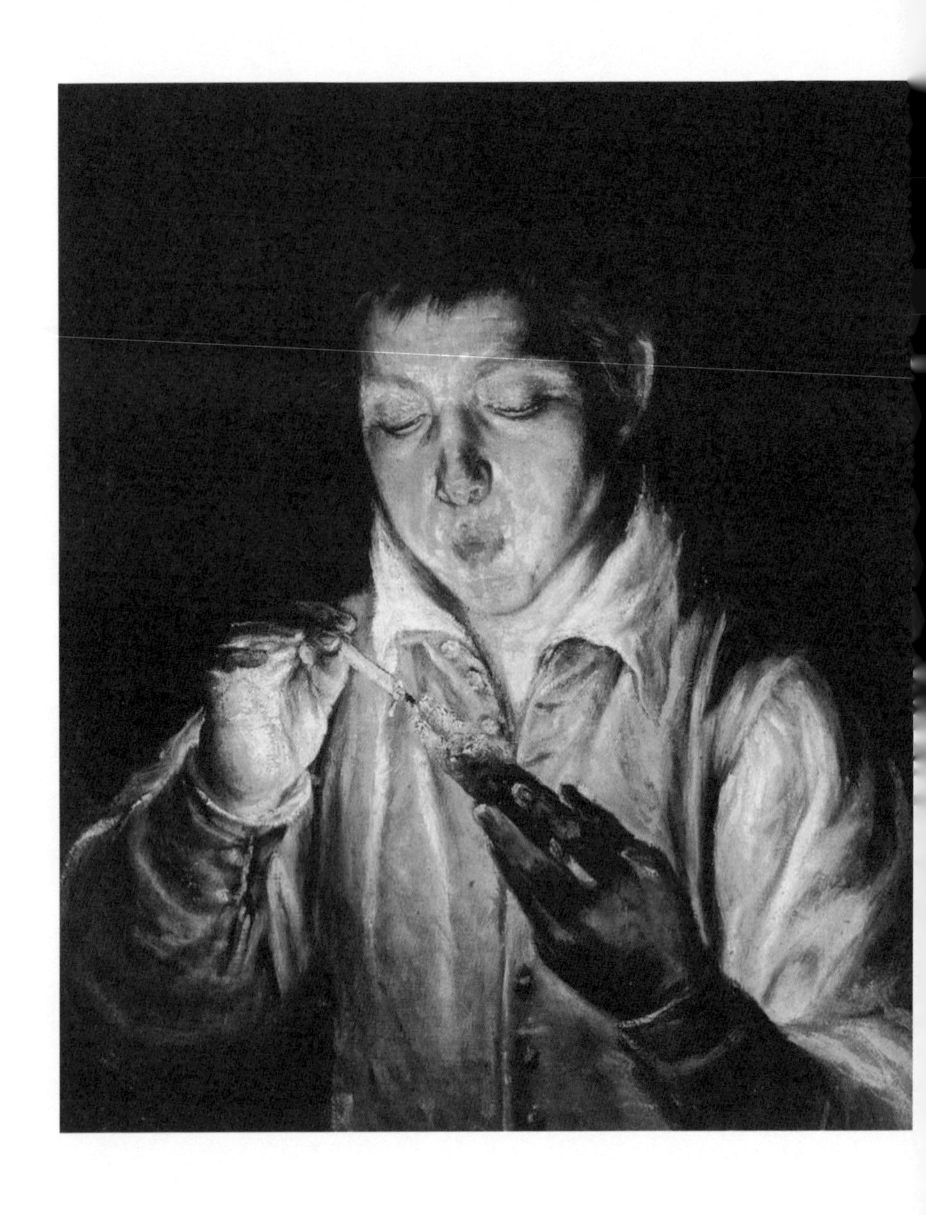

엘 그레코
〈촛불을 붙이기 위해 불씨를 부는 소년〉
+
송찬호
〈촛불〉

헐벗은
나날에
불을
켠다

촛불

송찬호

촛불도 없이 어떤 기적도 생각할 수 없이

나는 어두운 계단 앞으로 나아갔다

그때 난 춥고 가난하였다 연신 파랗게 언 손을 비비느라

경건하게 손을 모으고 있을 수도 없었다

그런데 얼마나 손을 비비고 있었을까

그때 정말 기적처럼 감싸쥔 손 안에 촛불이 켜졌다

주위에서 누가 그걸 보았다면, 여전히 내 손은 비어 있고 어둡게 보였겠지만

젊은 날, 그때 내가 제단에 바칠 수 있던 건
오직 그 헐벗음뿐, 어느새 내 팔도 훌륭한 양초로 변해 있었다
나는 무릎을 꿇고 어두운 제단 앞으로 나아갔다
어깨에 뜨겁게 흘러내리는 무거운 촛대를 얹고

만일 오늘 밤 전기가 나가면 어떨까? 많은 사람들은 어두워서 금세 조바심을 갖고 힘들어할 것이다. 하지만 차츰 그림 속 소년처럼 초를 켜고 차분하게 빛과 어둠의 농도에 적응해 가겠지. 전기가 없던 시절에는 해가 지고 밤이 내리면 이렇게 등불을 켜거나 촛불을 켰다.

엘 그레코El Greco, 1541~1614는 그리스 출신 화가로 스페인에 건너와 그림 작업을 했다. 그의 이름은 '그리스인'이란 뜻으로 조국을 그리워하는 마음이 깊게 배어 있다. 대담한 색과 구성, 길게 늘인 인물 표현. 얼핏 모딜리아니의 그림을 떠올리게 하는 엘 그레코의 그림은 모딜리아니보다 무려 500년 앞선 작품이다. 그만큼 그림 속 인물들에서 현대적 감각이 묻어난다.

특히 그는 등장인물들의 손 표현에서 자신만의 개성을 뚜렷이 드러냈다. 〈촛불을 붙이기 위해 불씨를 부는 소년〉은 빠른 붓질로 인물의 심리 상태를 생생하게 표현한 걸작이다.

송찬호 시인의 〈촛불〉은 그림과 어우러져 상상력의 끝자락을 흔들

어 놓는다. 헐벗은 나날의 슬픔과 애절한 심정을 섬세한 언어로 파
헤쳐 들어간다.

피테르 브뢰헬
〈이카루스의 추락〉
+
J. 갈로
〈그것은 곤 내게 베푼 것〉

등불처럼
친밀한
　　사람

그것은 곧 내게 베푼 것

J. 갈로

그대가 도움을 청하는 이에게 손을 내밀어 주고

괴로움과 고통으로 마음 아파할 때 위로가 되어 주며

가난으로 어려워할 때 힘이 되어 주며

나그네를 맞이하고

병자를 정성껏 돌보아 주며

외로운 이 버림받은 이를 찾아가 친구가 되어 준다면

그것은 곧 나에게 해 준 것입니다

그대 곁을 스쳐 가는 이 모두에게
조그만 부드러운 바람 같은 친절을 베푼다면
그것은 곧 내게 베푼 것이며
그대는 그들 안에서
나의 얼굴을 본 것입니다

새의 깃털로 만든 두 날개를 촛농으로 붙인 채, 어리석게도 높은 절벽에서 몸을 던진 이카루스는 결국 그대로 추락하고 만다. 두 팔을 힘차게 퍼드득거렸지만 속절없이 낙하!

화가 피테르 브뢰헬이 그린 〈이카루스의 추락〉은, 그 어느 날 태양을 향해 힘차게 날아올랐다가 곤두박질치고 만 소년의 모습을 담았다. 그런데 이 소년, 어디에 있는 것일까?

바다를 옆에 낀 평화로운 마을의 일상. 모든 것이 순리대로 제 위치에 있나. 흡사 전원마을의 풍경을 담은 듯한 그림 한 귀퉁이. 이 귀퉁이에 바다에 곤두박질 치고 있는 소년의 흰 종아리가 보인다.

풍덩!

소년은 이제 막 바다에 곤두박질쳤다.

사람들은 소년의 추락을 못 본 것일까?

정말 아무 소리도 듣지 못한 것일까?

자본주의의 패착이 잃게 만든 건 어쩌면 '사람'일지 모른다. 이제 사람을 앓고 사람에 기대는 일은 어리석고 야무지지 못한 행동으로 평가받는다. 이 시대는 무관심과 냉소가 병균처럼 깃들어 있다.

나 또한 저들과 같았다. 양을 치고 밭을 갈며 '오늘의 양식'을 벌었다. 그래서 누군가의 고통에 귀 기울이고 마음을 내 줄 여유가 없었다. 나는 나의 양식을 벌어야 했으므로. 어떤 고통도 다만 나를 비껴가면 그걸로 족했으므로 바다에 처박히는 소년을 짐짓 모른 체했다.

지금 미약한 숨으로 사그라드는 누군가에게 '등불'처럼 친밀한 사람이 되어 주는 것. 나부터 그런 사람이 되기를 바란다.

미켈란젤로 메리시 다 카라바조
〈나르키소스〉
+
윤동주
〈자화상〉

물거울
앞에

나를
비출 때

자화상

윤동주

산모퉁이를 돌아 논가 외딴 우물을 홀로 찾아가선

가만히 들여다봅니다

우물 속에는 달이 밝고 구름이 흐르고

하늘이 펼치고 파아란 바람이 불고 가을이 있습니다

그리고 한 사나이가 있습니다.

어쩐지 그 사나이가 미워져 돌아갑니다

돌아가다 생각하니 그 사나이가 가엾어집니다

도로 가 들여다보니 사나이는 그대로 있습니다

다시 그 사나이가 미워져 돌아갑니다
돌아가다 생각하니 그 사나이가 그리워집니다
우물 속에는 달이 밝고 구름이 흐르고 하늘이 펼치고
파아란 바람이 불고 가을이 있고
추억처럼 사나이가 있습니다

우리의 몸이 물로 이루어져 하루도 빠짐없이 물거울 앞에 서는 건지도 모르겠다. 물이 물을 찾아 가는 것. 당연한 일이겠지. 문득 대야에 담긴 물거울을 보며 나는 윤동주˚를 떠올렸다. 그의 시 〈자화상〉을. 작은 우물 속에 비친 자신의 모습을 살피고, 우물에서 달, 구름, 하늘, 파아란 바람, 가을을 본 사람.

윤동주의 시에 강렬한 카라바조Michelangelo Merisi da Caravaggio, 1573~1610의 그림을 놓는다. 윤동주 시인과는 전혀 반대의 기질이지만 인물들이 물거울을 바라본다는 점에서는 공통의 맥락이 있다. 카라바조의 그림은 샘물 속에 비친 자신의 모습을 사랑해서 그 얼굴을 만지려다 그만 물에 빠져 죽는 신화 속 인물, 나르키소스가 그려져 있다. 자신과 사랑에 빠진, 아름다운 소년의 모습은 보는 이들을 매혹시킨다.

카라바조는 초기 바로크 시대를 대표하는 화가로 빛과 그림자의 대비, 마치 무대에 선 주연 배우에게 스포트라이트를 쏘듯 조명 효과를 그림에 살려 17세기 유럽회화의 선구자로 평가받고 있다. 그는 대담한 빛의 사용을 통해 종교적인 그림에도 강력한 사실주의를 적용했다. 이 혁명 같은 화풍은 르네상스 시대의 미켈란젤로와 비견되며 동시대 수많은 화가들에게 깊은 영감을 주었다.

하지만 카라바조는 39세라는 젊은 나이에 죽고 말았다. 그의 죽음과 함께 그가 남길 걸작들도 더는 볼 수 없게 되었다. 윤동주의 이른 죽음으로 우리가 더 이상 윤동주의 명시를 읽을 수 없게 되었듯이.

+ 북간도에서 출생, 연희 전문학교를 거쳐 일본에 유학한 후 1943년에 독립운동 혐의로 일본 경찰에 검거되어 규슈 후쿠오카 형무소에서 옥사하였다. 광복 후 그의 유고를 모은 시집 《하늘과 바람과 별과 시》가 발간되었다.

앙리 루소
〈꿈〉
+
김민정
〈숲에서 일어난 일〉

한껏
흔들리고 나면

쉽게
정리된다

숲에서 일어난 일

김민정

어느 날 벤자민 고무나무 한 그루

나에게서 나에게로 배달시켰다

고르고 보니

키가 딱 아홉 살 소년만 했다

흔들리고 싶을 때마다

흔들기 위해서였다

흔들고 난 뒤에는

안 흔들렸다 손 흔들기 위해서였다

이게 이심인가 전심인가
몇 날 며칠을 기다리는 동안
마른 이파리를 저 알아서
저 먼저서 툭, 툭 떨어져 내렸다
뒤짐 지고 산책이나 다녀올 일이었다

숲 속 의자에 앉아 하늘을 올려다볼 때 마음은 더 없이 편안하다. 가만히 숲에 귀 기울이면 한 가지인 줄 알았던 새 소리는 서너 가지로 들리고 풀벌레소리는 숲에 움튼 생명체만큼이나 다채롭게 귓전을 울린다. 프랑스의 사실주의 화가 앙리 루소Henri Rousseau, 1844~1910가 화폭에 담은 숲도 그렇다.
앙리 루소는 다양한 숲과 정글 풍경을 그림으로 그렸는데 이 이국적인 모습은 많은 이들을 매료시켰다. 원초적인 정글에는 이국적인 식물과 동물이 가득하다. 실제로 앙리 루소는 그림을 그리는 틈틈이 동물원과 식물원을 찾아 동식물들을 연구했고, 당시 새로운 대륙을 탐험하며 발간된 책과 잡지를 읽고 머릿속에 떠오른 이국적 장면을 그림에 펼쳐 냈다.
그의 작품 〈꿈〉은 높이 걸린 하얀 달과 화면에 등장하는 수많은 동식물로 인해 신비롭고 환상적인 느낌을 자아낸다. 마치 전설 속 한 장면 같은 그의 그림은 실제와 환상의 모호한 경계에서 보는 이의 상상력을 한껏 열어 준다.

김민정 시인은 숲이 주는 원초적 힘을 감각적 언어에 담아 표현했다. "흔들리고 싶을 때마다 흔들기 위해서" 숲을 찾는 이들. 가슴이 답답하다는 건 고인 물처럼 꼼짝없이 마음이 정체될 때 그렇다. 차라리 한껏 흔들리고 나면 의외로 쉽게 정리될 때가 있다. 흔들리고 싶어 흔들기 위해, 흔들리고 난 뒤에는 안 흔들렸다 손 흔들기 위해 나는 오늘도 숲을 찾는다.

제임스 휘슬러
〈회색과 금색의 야상곡, 첼시에 내린 눈〉
+
안미옥
〈너는 가장 마지막에 온다〉

마지막은
늘

그렇게
끝났다

너는 가장 마지막에 온다

안미옥

너는 가장 마지막에 온다 차오르지 않는 빈 몸으로 온다 싫다고 말하면 돌아서는 사람들과 있었다 계단에서 발을 헛딛고 주저앉는 사람들과 있었다 팔짱을 끼고 입술을 깨물며 안간힘을 쓰고 있을 때 저기 저 숲에서는 수천 마리의 새들이 날개를 접고 앉아 있다 누가 먼저 울음을 멈추는지 보려고 했다 멈춘 창문 멈춘 식탁 손을 잡고 있는 손

우리에겐 영혼이 없다고 말하는 사람들과 있었다 아무렇게나 여름을 건너려는 사람들과 있었다 무너지고 있는 집 안에 들어가 깨진

물건들을 함부로 만졌다 아무것이나 붙잡고 매달리고 싶어 하는 두 팔 습기와 슬픔이 구별되지 않는 팔월 매일 같은 자리 같은 공간에 있었다 튀어 오르지 못하는 공은 구르다가도 멈춘다 그렇다고 하더라도 자기 기도에 얽매이면 안 된다고, 마지막은 늘 그렇게 끝났다

인생에서 가장 마지막에 오고 가는 것은 무엇일까. 그 마지막이 지금이 아니라도 언젠가 올 것을 떠올리면 삶은 애절하다. 이 세상을 더 애절하게 만드는 것은 영혼이 없다고 생각하는 이들이 늘어나고 있다는 것이다. 나는 시인의 시를 이렇게 읽고 있었다. 어쨌든 울음을 멈추고 새가 날아오르는 힘으로 다시 살아가야 하는 게 아직 숨이 붙어 있는 자들의 임무더라.

안미옥 시인의 시와 잘 어울리는 제임스 휘슬러James Whistler, 1834~1903의 그림 〈회색과 금색의 야상곡, 첼시에 내린 눈〉. 이 작품은 일본 우끼요에의 영향이 짙게 묻어난다. 미국 출신인 제임스 휘슬러는 유럽으로 건너가 파리와 런던에서 주로 활동했다. 그는 그림에 스토리를 담기보다는 미학적 측면을 더 중시해 인물 표현과 구도, 색채의 조화를 특히 신경 썼다. 이러한 그의 미학적 신념은 상류사회 사람들의 초상화나 템스 강의 황혼, 도시의 밤풍경을 그린 '야상곡' 연작에서 빛을 발한다.

〈회색과 금색의 야상곡, 첼시에 내린 눈〉은 그림에서 마치 낭만적인

첼로 연주가 들릴 듯 한껏 쓸쓸한 정취를 풍긴다. 이 그림들은 실제로 드뷔시라는 음악가에게 깊은 영감을 주어 3악장 관현악곡을 탄생시키기도 했다.

레오나르도 다빈치
〈모나리자〉
+
알프레드 하우스먼
〈오늘 당신이 벗에게 미소하면〉

내가
던진

미소
하나로

오늘 당신이 벗에게 미소하면

알프레드 하우스먼

오늘 당신이 벗에게 미소하면
오늘 그의 불행이 끝나고
당신이 여인의 말 경청하면
여인은 행복하다

늦게 경청해도, 늦게 미소해도
안 하느니보단 늦는 게 낫다
나는 아주 잠시 살 뿐

이내 영원히 죽으리니

누군가 내게 던져준 미소 하나로 좋은 기운을 받고 술술 일이 잘 풀린 적이 있다. 책도 술술 잘 읽히고, 우유 한 컵, 빵 하나가 더 맛있다. 술을 안 마셔도 취한 듯 즐거운 기분. 내가 던진 미소 하나로 당신도 행복하면 좋겠다. 사소한 일에도 사람 사이의 공기는 변한다. 그럴 때 모나리자처럼 소박한 미소로 차가운 공기를 다시 데울 수 있다면.

모나리자를 그린 레오나르도 다빈치Leonardo da Vinci, 1452~1519는 르네상스 미술을 완성시킨 이탈리아 화가이다. 어릴 때부터 인상 깊게 본 것은 그게 무엇이든 자세히 관찰하고 그림으로 옮겼다. 모나리자를 그릴 때도 그랬다. 〈모나리자〉는 색깔과 색깔 사이의 경계선을 명확히 구분 지을 수 없도록 부드럽게 채색하는 스푸마토 기법을 사용해 신비로운 미소를 표현했다. 레오나르도 다빈치 덕분에 모나리자는 세상에서 가장 유명한 여인이 되었다.

베르트 모리조
〈소파에 앉아 있는 젊은 여인〉
+
유희경
〈내일, 내일〉

시간을,
당신을
어루만지다

내일, 내일

유희경

둘이서 마주 앉아, 잘못 배달된 도시락처럼 말없이, 서로의 눈썹을 향하여 손가락을, 이마를, 흐트러져 뚜렷해지지 않는 그림자를, 나란히 놓아둔 채 흐르는

우리는 빗방울만큼 떨어져 있다 오른뺨에 왼손을 대고 싶어져 마음은 무럭무럭 자라난다 둘이 앉아 있는 사정이 창문에 어려 있다 떠올라 가라앉지 않는, 生前의 감정 이런 일은 헐거운 장갑 같아서 나는 사랑하고 당신은 말이 없다

더 갈 수 없는 오늘을 편하게 생각해본 적 없다 손끝으로 당신을 둘러싼 것들만 더듬는다 말을 하기 직전의 입술은 다룰 줄 모르는 악기 같은 것 마주 앉은 당신에게 풀려나간, 돌아오지 않는 고요를 쥐여 주고 싶어서

불가능한 거리는 아무 말도 하지 않는다 당신이 뒤를 돌아볼 때까지 그 뒤를 뒤에서 볼 때까지

프랑스 출신의 여성 화가인 베르트 모리조Berthe Morisot, 1841~1895, 그녀의 그림은 19세기 유럽 문화사를 오롯이 보여 준다. 그림에 담긴 소박한 실내 정경과 일상은 그녀만의 온화한 시선에 녹아, 보는 이의 마음까지 따뜻하게 데운다. 부드럽고 친밀한 순간을 눈여겨본 시인, 유희경의 시선은 그런 면에서 모리조의 그림과 닮았다. 모리조는 화가 마네에게 매혹 당했고, 그의 작품에서 많은 영감을 받았다. 마네의 작품에 직접 모델로 서기도 했으며, 마네에게 외광회화, 즉 밖으로 나가 자연광 아래에서 그림 그릴 것을 권하기도 했다. 마네의 그림 〈발코니제비꽃 장식을 단 베르트 모리조〉를 보면 그녀가 얼마나 지적이고 기품이 넘쳤던 사람이었는지를 확인할 수 있다. 로코코 시대의 거장 장 오노레 프라고나르의 손녀로 태어나 유복한 환경 속에서 그림 교육을 받은 모리조는, 1895년 파리에서

장티푸스로 생을 마감하기 전까지 인상주의 운동에 참여하는 등 선구적 여성으로서의 모범을 보였다.

저작권 제공

그림 제공

230쪽. 박수근. 〈빨래터〉, 1950년작, 현대갤러리

시 제공

30쪽. 문태준, 〈한 호흡〉, 《맨발》, 2004, 창비
51쪽. 황인숙, 〈생활〉, 《새는 하늘을 자유롭게 풀어놓고》, 1988, 문학과지성사
55쪽. 황지우, 〈너를 기다리는 시간〉, 《게눈 속의 연꽃》, 1990, 문학과지성사
67쪽. 김명인, 〈아들에게〉, 《꽃차례》, 2009, 문학과지성사
79쪽. 김사인, 〈화양연화〉, 《어린 당나귀 곁에서》, 2015, 창비
285쪽. 유희경, 〈내일, 내일〉, 《오늘 아침 단어》, 2011, 문학과지성사